페이퍼 맘

Paper Mom

한은희 **청소년소설**

세계문예

페이퍼 맘을 향한 우리 사회의 따뜻한 관심

미성년 미혼모의 임신과 출산은, 부모의 사랑이 부족하거나 가정폭력 등의 사유로 위축되고 소외된 청소년이 거리를 배회하는 등 보호의 사각지대에 머물게 되면서 파생되는 사례인 경우가 대부분이다.

그러나 평범한 가정, 상위권의 성적, 미래에 대한 목표가 뚜렷한 청소년에게 날벼락과도 같은 일이 발생하고, 그런 뜻하지 않은 사고로 임신과 출산을 겪게 된 경우 이는 누구의 잘못인가.

'버려지는 아이들만 잘 관리해도 출생률이 올라간다. 10대, 20대 미성년이 낳은 아이들을 주목하라.'는 글을 본 적이 있다.

부모 슬하에서 세상모르고 살다가 거리로, 모텔로, 찜질방으로 내몰린 미성년 미혼모들.

그들은 스스로 할 수 있는 게 아무것도 없다고 생각하면서, 자신을 페이퍼 맘(Paper Mom)이라고 여기지 않겠는가.

부모로서, 후견인으로서는 애지중지하던 그들의 느닷없는 임신과 출산을 마주하며 하늘이 무너지고 땅이 꺼지는 고통이 느껴질 것이다.

　하지만 그렇다고 그들의 인생이 끝난 것은 아니다.

　그들도 그들이 낳은 아기들과 함께 성장하면 된다.

　이 소설은 사고로 부모를 잃고 후견인인 외삼촌에 의해 양육되고 있는 특목고 여고생이 어느 날 임신을 한 후 자퇴를 하고 출산까지 하게 되지만, 출산하는 날 비로소 그 사실을 알게 된 외삼촌이 아기를 입양 보내겠다고 하자 무작정 집을 나와 엄청난 고초를 겪으면서도 끝끝내 아기를 지켜내는 과정을 그리고 있다.

2023년 9월

청소년문학가 한 은 희

한은희 청소년소설

페이퍼 맘
Paper Mom

01 누구!

"삐삐삐삐!"

도어록 번호키 누르는 소리가 났다. 나는 고개를 들고 현관을 봤다. 주방 식탁에 앉아 공부를 하면 거실과 현관이 한눈에 보인다. 그래서 나는 이 자리를 좋아하고 늘 이 자리를 고수한다.

"덜컥~!"

당연히 유미라고 생각했는데 외숙모가 들어섰다.

참, 사실은 외숙모라고 하면 안 된다. 법적으로는 아직 아니니까. 하지만 언제부턴가 그냥 외숙모라 부르고 있다. 우리 외삼촌과 외숙모는 혼인을 하지 않고 한 집에서 산다.

그럼 계약 커플이네, 하고 내가 은근슬쩍 놀린 적이 있는데 두 분은 그런 말에 신경도 안 쓴다. 아마 결혼식 따위가 중요하지 않다고 생각하는 거 같다. 언제라도 필요하면 할 거라고 오히려 큰소리다.

난데없는 외숙모의 등장에 깜짝 놀라 의자 뒤에 걸어뒀던 외투부터 걸쳤다. 아무런 사전 연락 없이 온 그녀가 무척 당황스러웠다.

"어머, 외숙모!"

"응, 나 왔어. 그런데 놀랐나 봐?"

"아뇨, 그런 건 아니고요. 보통 때 오던 시간대가 아니라서."

그녀는 싱긋 웃으며 양손 가득 장 봐온 과일들, 간편조리세트를 들고 주방으로 곧장 걸어갔다.

"내가 와야 할 시간이 어디 따로 정해져 있나, 뭐. 짬 날 때마다 잠깐 들르는 거지."

그녀가 이렇게 내가 먹고 사는 일을 돌봐주고 있는 건, 작년 여름방학 때 엄마가 내 곁을 영원히 떠나버리고 난 이후부터다. 그때부터 외삼촌은 엄마가 운영하고 있던 여행사를 맡아 오너 일을 하고 있고, 그녀는 내 후견인이 된 외삼촌 대신 나에 관한 모든 일들을 처리해 주고 있다.

가져온 물건들을 정리해 넣던 그녀가 얼굴을 찡그렸다. 싱크대와 조리대에 설거지 거리와 아기 분유 소분통, 젖병, 이유식 따위가 어지럽게 널려 있었으니까.

그녀는 재빨리 거실을 휙 둘러봤다. 거실도 아기 장난감이며 아기 옷가지들이 여기저기 흩어져 있긴 마찬가지였다.

"누가 왔니?"

"유미가 왔어요. 요 앞 편의점 잠깐 갔고요."

그녀는 유미가 왔다는 걸 뻔히 알면서, 요즘 나를 찾아 올 사람은 그 애밖에 없다는 걸 다 알면서, 저렇게 물어 본다. 그녀는 미성년 미혼모인 유미가 나하고 가까이 지내는 걸 몹시 걱정스러워한다. 그래서 저런 식으로 에둘러 그 애를 더는 집에 들이지 말라는 완곡한 의사표시를 한 거다.

그러니까 나도 되도록 두 사람이 마주치는 일이 없도록 그동안은 눈치껏 유미가 오는 시간을 조정해 왔었고, 나름 성공적이었다. 그러나 그녀가 이렇게 느닷없이 오면 방법이 없다.

"흠….."

더 이상 유미 문제로 왈가왈부 않기로 한 건지, 그녀가 발코니로 다가가 커튼과 유리문을 활짝 열어놓았다.

"4월하고도 말이잖아. 곧 여름이고. 이젠 아침까지는 아니라도 낮에는 이렇게 바깥 공기를 집안으로 들여놓는 게 어때. 하늘도 청명하고 햇살도 다사롭고 좀 좋아?"

"……."

나는 제자리에 선 채 그녀의 동선을 따라 몸을 이리저리 돌리다가, 다시 자리로 앉아 하던 공부를 계속 했다. 내가 아무런 대답을 않자 멋쩍었는지 그녀가 내 옆으로 와서 섰다.

"춥니. 왜 우중충한 겨울옷을 여태 입고 그래?"

나는 더욱 옷깃을 여미고 그녀의 시선을 피해 고개를 푹 숙였다.

"실내라서 아직 추워요."

그녀가 내 몸 아래위를 훑어봤다.

"너 집에서 꼼짝도 안 하지? 운동도 할 겸 바깥에 나다니고 그래, 제발. 편의점 같은 데도 네가 다니고 말이야. 저번에도 말했지만 너 점점 살찌고 있거든. 작년보다 봄피가 눈에 띄게 늘었어, 애."

한숨이 절로 나왔지만 꾹 눌러 참았다.

"……."

그러자 그녀가 의자를 끌어당겨 옆으로 앉았다. 그러고는 내가 보고 있는 책을 유심히 살피며 말했다.

"공부는 잘 하고 있는 거지?"

나는 자퇴생이다. 작년, 고등학교 1학년 2학기 기말고사를 며칠 앞둔 12월 초순 학교를 그만뒀다. 그러고 나자 외삼촌과 그녀는 나에게 검정고시학원에 등록해 시스템을 따르는 게 좋을 거라고 충고했지만, 나는 독학을 선택했다.

"예."

그러나 그녀는 미심쩍은 표정이었다. 내 말에 확신이 서지 않는 거 같았다.

"정말 혼자 해도 되겠어?"

그녀는 입버릇처럼 이 말을 하곤 한다. 외삼촌이 내 학업 진행 상황을 알고 싶어 하고, 그때마다 그녀에게 물을 테니까 그런다는 걸 나도 안다. 하지만 도돌이표처럼 되풀이되는 질문에 힘이 빠지는 건 사실이다.

"예."

그녀도 맥이 빠지는지 길게 탄식을 하며 자리에서 일어났다.

"휴우~, 가야겠다. 유민가 뭔가 하는 애도 와 있다니."

나는 그녀를 잡지 않는다. 어차피 두 사람은 만나지 않는 게 좋다.

손가방과 빈 쇼핑백을 챙겨 든 그녀가 몇 걸음을 떼어놓다가 돌아섰다. 당부할 말이 남아 있는 거다.

샐쭉했던 그녀 얼굴이 다시 부드러워져 있다. 나도 조금 웃어 보였다. 그녀가 내 곁으로 와 내 등을 쓸어내렸다.

"내 말 자꾸 고깝게 듣지 마. 다 널 위해서 하는 말이니까."

고개를 끄덕이며 그녀 말에 전적으로 수긍한다는 얼굴로 봤다.

"알아요."

엄마가 하던 일을 전부 해주고 있는 고마운 사람인데 내가 왜 그녀 말을 고깝게 듣겠는가. 그저 내 지금의 상황이 답답하고 억울할 따름이다. 그래서 마음이 열리지 않을 뿐인 걸 그녀가 어떻게 알까.

"그래서 말인데, 해린아. 미진이 말이야. 걔는 이제 정말로 안 오니? 걔가 참 애가 괜찮던데."

또 이런다. 미진이 얘긴 다시는 하지 말아달라고 지난번에 그렇게 단단히 부탁했건만….

미진이는 고등학교 1학년 때 친구다. 고등학교 들어가서 만나 단짝이 된 아이인데 내가 엄마하고 단둘이 사는 걸 알고부터 우리집을 부시로 드나들었고, 언제부턴가는 주말이면 우리집으로 와 휴일까지 같이 공부하고 같이 잠을 자곤 했었다.

그러다가 작년 여름방학 때, 엄마가 사고를 당해 세상을 떠나고 나 혼자 지내는 걸 보고는 아예 짐을 싸들고 와서 함께 살아 준 친구였다. 내가 그때 갑작스럽게 자퇴하는 일이 생기지 않았다면, 지금도 우리는 모든 일을 함께 히고 있을 기다.

나도 모르게 목소리에 가시가 돋았다.

"안 와요, 정말로요."

그녀 목소리도 한 톤 높아졌다.

"혼자 지내는 게 힘들어 수시로 유미를 부르는 거라면 우리랑 그냥 같이 살자, 응?"

"유미 걔 그렇게 자주 안 와요. 그리고 전 혼자 사는 게 좋아요. 그러니 신경 쓰지 마시라니까요!"

그녀가 슬쩍 나를 흘겨보며 돌아섰다.

"알았어, 알았다고. 간다!"

그때 번호키 누르는 소리가 들렸다.

'아이쿠, 결국⋯.'

두 사람이 마주치는 일이 없었으면 했는데 이렇게 되는 거였다. 이리 되도록 돼 있는 거였어.

갓 돌을 지난 아들을 아기띠로 안은 채 편의점 봉투를 들고 들어서던 유미가 놀라 걸음을 멈추고 나를 봤다. 내가 괜찮다는 듯 고개를 끄덕거렸다.

나와 유미를 번갈아 보고 있던 그녀가 내 귀에 대고 속삭였다.

"아무리 그래도 쟤한테 현관 비밀번호까지 알려준 건 진짜 아니다, 너."

그러고 나더니 허리를 곧게 펴고 현관을 향해 걸어가며 말했다.

"갈게!"

유미가 얼른 현관 옆 빈 공간으로 딱 붙어 섰다. 그녀가 현관을 빠져나가며 유미 아들을 흘깃 봤다.

유미가 집에 가고 나면 어쩌지. 나 혼자서 이런 큰일을 감당해 낼 수 있을까.

자신의 죽음을 앞두고 있는 사람 마음이 이럴지 모르겠다는 생각이 든다. 이제 곧 생을 마감할 거라는 걸 알고서도 그 죽음을 거부할 수도, 막아낼 수도 없이 떠나가는 사람 말이다.

변기 레버를 누르는데 몸이 천근만근이다. 내 몸이 몇 달 사이에 고무풍선처럼 부풀었다. 아까 외숙모가 왔을 때 들키지 않으려고 얼마나 애를 태웠는지 모른다. 그녀가 겨울 외투로 감춘 내 배를 봤더라면 놀라 까무러치고 말았을 거다. 아마도.

화장실을 나와 보니 유미가 가방을 싸고 있다.

"가려고?"

"응, 지금 가야 안 늦어. 우리 도현 아빠 학교 갔다 오면 바로 밥 먹잖아. 엄청 순둥순둥한데도 배만 고프면 짜증부터 내거든."

알고 있는 사실이지만 서운함이 밀물처럼 밀려온다. 할 수만 있다면 유미를 꼭 붙잡아두고 싶은 심정이다.

유미는 초등학교 때 친구다. 6학년 때 한 반이 됐고 1학기에 짝을 했지만 우린 친하지 않았다. 나만 그렇게 생각했던 걸까, 글쎄…. 유미도 그런 생각을 했으니 어쩌다 얼굴이라도 마주치는 일이 생기면 우린 짝인데도 서로를 몹시 어색해 했던 거 같다.

하여간 중학교에 가면서 서로 학교가 갈려 우린 서로를 잊고 살았다. 그렇지만 초등 동기를 통해 유미가 임신을 해 고등학교에 들어가자마자 자퇴했다는 말을 들어 그 사정은 익히 알고 있었다.

유미 얘기를 들어보니, 유미는 중학교 3학년 때 임신해 지난해 봄 자퇴를 하면서 아이를 낳았다고 한다. 그러고는 육아에 전

념하며 살고 있다. 그러나 동갑내기인 유미 남편은 고등학교 2학년에 재학 중이다.

유미가 아이를 키우고 살림을 사는 동안 남편이 먼저 고등학교를 졸업하고 나서, 역할을 바꾸어 이번에는 남편이 아이를 키우며 살림을 하는 사이에 유미가 고등학교에 재입학해 졸업을 하기로 약속했다고 한다.

유미를 다시 만난 건 내가 유미한테 연락을 해서였다. 내 전화를 받고 유미는 무척 반가워하며 한달음에 달려와 주었다. 그래서는 내 사정을 알고 나서도 별로 놀라지 않았고, 가끔씩 들러 내이야기 상대가 돼주고 있다.

아기를 띠로 업고 난 유미가 티셔츠 위로 내 배를 한번 쓸어봤다.

"소변이 자주 마렵지?"

"맞아, 배 뭉침에 허리통증도 엄청 심해. 방금 말이야. 오줌 누는데 이슬인지 혈액이 살짝 비치더라고."

"진짜?"

"응, 어떡해? 나 너무 무서워."

동갑인 유미가 마치 언니처럼 내 손을 잡더니 가만가만 허리를 껴안았다. 안쓰러운 감정이 얼굴에 가득하다.

"예정일이 언제라고?"

"이틀 남았어."

"초산이라 그래도 출산하려면 앞으로 며칠은 더 걸릴지도 몰라. 하여튼 무슨 일 있으면 바로 연락해. 그리고 내일부터는 도현 아빠 학교가고 나면 곧바로 와서 같이 있어줄게."

"고맙습니다, 도현 마미!"

유미가 고개까지 젖히고 깔깔깔 웃었다.

"얘는, 마미는 무슨. 징그럽다. 징그러."

현관을 열고 밖으로 나서는 유미 호주머니에 택시비를 넣어줬다. 유미가 잠깐 멈칫하며 나를 봤지만, 내가 어서 가라는 손짓을 하자 문을 닫고 나갔다. 택시비를 주지 않으면 유미는 버스를 탈 게 틀림없다.

저녁으로 뭘 먹을까 생각하다가 파스타 밀키트를 꺼냈다. 가장 간편하게 먹을 수 있는 요리가 이 파스타 밀키트와 라면이다. 그래서 일주일이면 태반은 이것들로 하루 두 끼를 채우는 편이다.

엄마가 살아있다면 생각도 할 수 없는 일이지만, 어쩌겠나. 엄마는 너무 먼 곳으로 가 있고, 나는 여기에 있는 걸, 뭐. 그러니 이렇게라도 먹고 사는 수밖에. 이나마 외숙모가 챙겨주고 있으니 명줄은 잇고 사는 셈이다.

파스타를 먹고 있는데 배가 사르르 아파온다. 마치 설사가 나려고 할 때 마냥 아랫배가 뭉근하니 아프다. 게다가 불규칙적으로 배도 뭉쳤다 풀어졌다 하고 허리 통증도 점점 장난이 아니다.

예정일이 다가오면서 이젠 태동도 느껴지지 않는 아기.

'누구!'

언제부턴가 난 내 뱃속의 이 아기를 '누구(who)'라 부르고 있다. 어느 사이 자연스레 태명처럼 그렇게 부르게 됐다. 아기는 자신의 존재를 끊임없이 알리려는데, 나는 그 존재를 애써 외면하고 싶어 그렇게 부르는 건지도 모르겠다.

'가련한 내 아기.'

누구에게도 말할 수 없고, 어떤 사람에게도 환영받지 못 할 존재. 엄마인 나한테서조차 환대 받지 못하는 유령 아이.

임신 전에도 나는 생리통이 심했다. 그래서 허리와 배 아픈 거는 견딜 만한데 앞으로 진행될 일을 생각하면 눈앞이 캄캄하다.

어떻게 아기를 낳고 어떻게 외삼촌한테 사실을 말한단 말인가. 앞으로 키우는 건 어떻고….

'아무래도 오늘 밤이 순탄치 않을 거 같아.'

문득 할 수 있을 때 병원에 가져갈 짐을 싸놓아야겠다는 생각이 들었다. 샤워도 미리 해 놓는 게 좋겠다. 그래, 서두르자.

너 정말 몰랐어?

심한 진통이 느껴져 잠에서 깼다. 그런데 급소변이 마려웠다. 화장실로 가 변기에 제대로 자리를 잡기도 전에 핏덩이가 주르르 흘러나왔다.

'어머나, 진짜로 분만이 시작되려나 봐.'

토네이도 급의 공포가 나를 덮쳤다. 그러나 이 집에는 나를 지켜 줄 사람이라곤 없다. 이 넓디넓은 세상에서 내 손을 잡아주고 괜찮아, 아무 걱정 마, 그렇게 말 해줄 사람이 하나도 없다니….

그런 생각이 들자 뭍으로부터 까마득히 떨어진 한 점 섬에 나 홀로 내동댕이쳐진 기분이 든다. 마음을 진정해야 하는데, 자꾸만 북받쳐 오르는 설움에 내가 익사해버릴 거만 같다.

'정신을 차리자!'

재빨리 화장실을 나와 휴대폰을 찾아들었다.

'유미한테 전화해야 돼.'

유미 번호를 누르려다가 액정 화면에 표시된 시간을 봤다. 새벽 2시 5분이다. 순간 유미네 식구 셋이서 나란히 누워 자고 있는 풍경이 머릿속에 그려졌다.

유미는 본래 일찍 잠이 드는 애가 아니다. 새벽 1시나 2시는 돼야 잠이 든다는 걸 알고 있다. 그러니 지금 전화하면 이제 겨우 잠이 들었거나, 기껏해야 한 시간 정도 잤는데 잠에서 깨야 한다. 게다가 전화벨 소리에 다른 가족들까지 깰 수 있다.

'더 아파지면, 못 견딜 상황이면 그때 하자.'

소파에 쓰러지듯 누우니 현관이 눈에 들어온다. 현관 앞에 놓인 신발 두 켤레. 운동화 하나에 단화 하나. 둘 다 내 거다.

엄마가 있을 때는 엄마 구두가 서너 켤레씩 내 신발 옆으로 나란히 놓여 있었다. 하이힐을 좋아했던 엄마. 그래서 언제나 색색의 힐이 자태를 뽐내며 현관을 사람 사는 공간으로 만들곤 했었다.

'엄마, 흐흑~!'

그렇게 울었는데 아직 내 몸 어딘가에 눈물이 남아 있었나. 엄마 신발을 떠올렸을 뿐인데 또 눈물이 퐁퐁 솟는다.

엄마가 살아 있었다면 결코 이런 가혹한 일이 내게서 일어날 수 없었을 거다. 어림도 없는 일이다. 엄마의 죽음은 순탄 그 자체이던 내 인생의 방향을 가시밭길로 이끌었다. 참을 수 없는 일이지만 그렇게 돼 버렸다.

작년 여름, 그러니까 내가 고등학교 1학년 1학기를 마치고 방학을 막 시작했을 때 엄마는 여행을 떠났다. 내 방학에 날짜를 맞춰 떠났다가 일주일 정도 일정을 마치고 돌아오는 여행이었다.

엄마는 여행사 오너로 일했다. 아빠가 급성심근경색으로 미처 손도 못 써보고 세상을 떠나자, 아빠가 창업해 그때까지 하고 있던 그 일을 이어받아 해 왔던 거다. 엄마는 '이색여행코스 개발'을 위해 일본으로 갔었고, 성공적으로 일을 마치고 귀국해 집으로 돌아오는 길이었다.

공항에 내려 택시를 잡아타고 내게 전화를 했었다.

"해린아, 방금 택시 탔어. 넉넉잡아 한 삼십 분, 그 정도면 집에 도착할 거 같아. 그럼 이따 보자!"

다소 지쳐보였지만 목적을 이룬 사람의 느긋함이 담긴 목소리였다. 허나 그게 마지막이었다. 이 지상에서 들을 수 있었던 엄마의 최후 육성 말이다.

그러고 나서 얼마 안 돼 사고가 났는가 본데, 병원으로 옮겼을 땐 이미 사망한 뒤였다고 한다.

난 그것도 모르고, 사고가 나 엄마가 사경을 헤매고 있는지도 모르고, 마냥 엄마를 기다렸다. 선물이 뭘까 생각했던 거 같고,

약속한 시간쯤 도착하지 않자 택시에서 내려 또 누군가와 사업상 전화를 하느라 늦는 거라는 생각에 뾰로통해 있었던 거 같다.

다행이라면 엄마는 커다란 집과 넉넉한 재산을 나에게 남기고 귀천했다. 그러니 나는 경제적인 어려움 같은 건 겪지 않아도 된다.

더욱이 엄마는 살면서 자신을 똑 닮은 남동생과 의가 두터웠다. 그래서 나도 외삼촌을 아빠처럼 따르며 살아왔는데, 결국은 그런 외삼촌이 엄마의 사업을 물려받고 내 후견인이 되어 주었다.

참을 수 없는 진통이 밀려오고 있다. 전에 내가 인터넷으로 알아본 건데, 3~5분 간격으로 진통이 오면 병원으로 가는 게 좋다고 돼 있었다. 그런데 내 진통이 지금 그렇다. 바로 3~5분 간격.

이제 더는 진통을 참는 게 힘들고, 무엇보다 무섭다. 혼자 있다가 죽을까 봐도 겁나고 혼자 있을 때 아기가 나올까 봐도 무지 두렵다. 그런 상황에서 전화 한 통 내 손으로 못할 지경에 이르면 그땐 어쩔 건가.

다시 휴대폰을 집어 들었다. 하지만 아직 2시 30분. 25분이 시났을 뿐이다.

'안 돼, 더 급해지면. 진짜로 죽을 거 같이 아프면 그때 하자.'

무심히 연락처를 뒤적거리다가 '박미진'을 보게 됐다. 그런데 그 이름을 보자마자 예리한 통증이 가슴 저 밑바닥으로부터 쑥

올라온다. 기억 속에서 지우려고 그리 애써왔던 이름인데 아직 그리 되지는 못한 모양이다.

'미진이가 나의 아픔을 조금만 이해해 줬더라면, 그래서 전처럼 나하고 여기서 같이 있었더라면….'

미진이는 작년 2학기 중간고사 때까지만 해도 우리집에서 나랑 같이 지냈던 내 유일한 절친이었다. 3녀 1남인 다자녀 집안 아이다보니 무남독녀 외딸인 나를 몹시 부러워했다.

게다가 미진이 네는 비좁은 집안에 3대가 복작거리며 살고 있는 집이라 더욱 나를 부럽게 생각하는 듯했다. 어떤 날 하루 우리 엄마가, 미진이는 나랑 아주 죽이 잘 맞으니 주말에는 우리집에 와서 같이 공부도 하고 자고 가라, 했을 때 미진이가 얼마나 기뻐했는지 모른다.

엄마가 그렇게 되고 나서는 내가 따로 부탁하지도 않았는데 스스로 부모님의 허락을 받고 우리집으로 들어와, 함께 학교에 다니고 함께 공부하고 함께 필요한 물건을 사러 다녔던 참으로 베프 중의 베프였다.

그러던 어느 날, 나는 생리가 끊긴 게 너무 길어지고 있다는 생각이 퍼뜩 떠올랐다. 생리불순은 늘 나를 따라다니는 말이라 별로 이상하게 생각을 안 했었고 또 그런가 보다, 했었다. 한 달 두 달은 흔하고 어떤 땐 두서너 달을 띄울 때도 있었으니까.

그래서 엄마하고 한 번씩 생리불순 상담 차 여성병원을 방문하고 했었던 게 여러 번이다.

나는 미진이한테 병원에 따라가자고 했고, 미진이는 어디라도 놀러 가는 거처럼 신나했다.

"좋아, 대신 갔다 올 때 떡볶이랑 아이스크림 사야 돼."

"당연하지."

병원에 가니 엄마를 따라다녔을 때 나를 진료했던 여의사가 나를 알아보고 반가워했다. 나도 그녀를 보자 엄마를 본 듯 반가웠다. 그녀는 내가 이번에도 생리불순 때문에 왔다고 하자, 초음파 검사와 호르몬 검사를 해 보자고 했다.

그런데 초음파 검사를 하던 그녀 얼굴이 어두워졌다. 그러더니 조심스레 말을 꺼냈다.

"너 정말 몰랐어?"

나는 무슨 말인가, 했다. 전혀 예상치 못한 반응이었으니까. 처음에는 내가 큰 병이라도 걸린 줄 알았다.

심장이 미친 듯 벌렁거렸다. 무슨 병일까, 죽을병인가?

"뭐를요?"

그녀의 고심이 깊어지는 게 보였다. 그녀는 단어를 고르고 있었다. 그게 다 느껴졌다.

'심각하구나, 나는 죽을병에 걸렸어!'

눈물이 핑 돌았다. 손발이 와들와들 떨렸다.

"음…, 임신이야. 넌 아이를 가졌어. 그러니 당연히 생리불순은 아니겠지?"

"예?"

불현듯 어딘가에서 축구공이 피잉 날아와 내 머리를 탁 치고 튕겨 나가버린 느낌이었다.

오 마이 갓, 놉!

그랬구나, 그랬어. 그런 걸 난 짐작도 못 했다. 딱 한 번 그런 일로 내가 임신을 하다니 말이다. 내가 그러려고 그런 거도 아니고, 그건 단지 사고였을 뿐이었는데도 임신이 될 수 있다니….

맞네, 난 천치였다. 그저 공부 밖에는 할 줄 모르고, 아는 거라곤 없는 바보 멍청이였던 거다.

"임신이라고. 너 진짜 까맣게 모르고 있었구나!"

그녀는 내가 임신 13주 6일째라고 말했다. 그러면서 아기 심장소리를 들려줬다.

펄떡펄떡, 한 존재를 알리는 심장소리. 내 뱃속에서 그런 낯선 생명이 자라나고 있었다는 사실이 믿기지 않았는데, 심장소리를 들으니 실감이 났다. 비로소 기정사실로 받아들여졌다.

초음파가 끝나자 그녀가 말했다.

"우선 부모님께 알리는 게 좋겠다. 그치?"

나는 어떤 대답도 할 수 없었다.

"……."

말없이 진찰실을 나와 미진이가 기다리고 있는 대기실로 갔다.

대기실은 진찰실과 연결돼 있고, 두 방 사이에는 문이 없어 안에서 하는 얘기가 다 들리도록 된 구조였다.

내가 대기실로 나가니 미진이가 싸늘한 표정으로 나를 외면하며 대기실 바닥만 고집스레 보고 있었다. 그 애의 딱딱하게 굳어진 무언의 얼굴에서 나는 그 애의 마음을 읽을 수 있었다.

집으로 돌아오는 내내 우리는 한 마디도 하지 않았다. 아니, 할 필요가 없었다. 나는 구질구질하게 변명 같은 거 하고 싶지 않았고, 미진이는 들어봐야 뻔한 변명 따위 듣고 싶지 않았을 테니까.

그 길로 미진이는 우리집을 나갔다. 그러고는 내가 자퇴할 때까지 말은커녕 눈길 한 번 주지 않고 내게서 멀어져갔다. 그 애가 그렇게 침묵하는 뜻을 내가 잘 알기에, 나도 쿨하게 받아들이고 그 애를 내 마음속에서 깡그리 지우려고 무던히도 애써왔다.

진통이 2~3분 간격으로 오고 있다. 더 이상 지체하다가는 아기가 나오기도 전에 죽어버릴 거만 같다. 휴대폰을 들고 유미 번호를 눌렀다.

잠에서 겨우 빠져나온 유미 목소리가 선을 타고 흘러나왔다.

"해린아, 너 많이 아프구나. 나 지금 갈까?"

눈물부터 질금 나왔다.

"응, 미안해."

유미는 아주 침착했다.

"알았어, 금방 갈게. 조금만 참아봐."

택시를 탔는지 얼마 안 지나 유미가 우리집으로 허둥지둥 들어왔다. 그런데 껌딱지처럼 달고 다니는 도현이가 보이지 않았다. 도현이는 어떻게 된 거냐고 묻자, 남편에게 맡겨놓고 왔으니 아무 걱정 말라고 했다.

그러면서 병원에 가져가려고 현관 앞에 내놓은 내 가방을 챙겨 들더니 나를 부축하며 말했다.

"어서 가야 돼. 타고 온 택시 기사님한테 잠깐만 기다려 달라 해놓고 올라온 거거든."

내가 출산이 임박한 어린 임신부라는 걸 한 눈에 알아챈 기사는 불편한 내색을 감추지 않았다. 딱히 무슨 말을 하지는 않았지만, 한숨을 내쉬고 헛기침을 하면서 떠북한 마음을 드러냈다.

새벽 시간대라 택시는 금세 우리를 병원 앞에 내려줬다. 그러고는 쏜살같이 사라져버렸다.

3층 분만대기실로 나를 데려간 간호사가 침대에 누우라고 하고는 의사를 데려왔다. 나에게 임신 사실을 알려주었던 그 여의사였다. 그녀는 들어오며 나를 알아보고는 조금 웃었다.

그녀가 나를 진찰하며 말했다.

"안 그래도 네가 출산을 했는지 어쨌는지 궁금했는데."

그러고는 내 눈치를 살피며 다시 물었다.

"어머니는…, 대기실에 계셔?"

"……."

대답하기가 난처했다. 사실대로 말하기는 싫고, 그렇다고 거짓말을 할 수도 없으니 말이다. 그러나 지금, 그렇다는 대답을 강요하는 이 사람에게 나는 어떤 대답을 해야 하나.

내가 가만 있자 옆에 섰던 간호사가 대신 말을 했다.

"동행자가 있긴 한데 친구 같아요."

그녀 목소리가 약간 까칠해졌다.

"전에는 여기 올 때마다 어머니랑 왔었잖아. 그런데 왜 친구랑 또 왔을까? 이렇게 중요한 날에 말이야."

나는 숨이 멎을 거만 같았다. 출산의 고통보다도 더 아프게 다가오는 말이었다. 상처가 나 헤어진 자리에 다시금 소금을 뿌리는 거처럼 아리고 쓰리고 먹먹했다. 그러나 엄마의 죽음에 대해 말하고 싶지 않았다.

"죄송해요, 선생님."

그녀는 고개를 까닥였지만 여전히 표정이 굳어 있었다.

"어머니가 그렇게 어려운 분이야? 음, 그래도 보호자는 있어야 하는데, 성인 보호자 말이야."

설움에 북받쳐 참고 있던 울음이 툭 터져 나왔다. 아픔 때문인지 슬픔 때문인지, 눈물로 이루어진 호수에 내가 함몰돼 버릴 거만 같았다. 한번 쏟아져 나온 눈물은 볼을 타고 하염없이 흘러내렸다.

　대기실에서 우리의 대화를 다 듣고 있었는지 유미가 고개를 들이밀고 말했다.

　"선생님, 해린이 엄마는 못 오셔요. 그래서 외삼촌한테 연락을 해 놨어요."

　그녀가 자리에서 일어나 간호사를 돌아보며 말했다.

　"오케이, 분만실로 옮깁시다!"

　유미하고 나는 미리 입을 맞춰 놓았었다. 나한테 응급상황이 오면 분명 병원에서 보호자를 찾을 테니, 그때는 내가 분만을 하고 난 뒤에 외삼촌한테 연락을 해서 오시게 하자고 말이다. 유미는 나와의 약속을 충실히 이행하고 있는 셈이다.

03 솔직히 실망이다

아기가 태어났다. 탄생과 동시에 의료진 누군가가 하는 말이 들렸다.

"8시 3분, 딸입니다!"

이어서 그의 말을 다른 누군가가 복창했다.

"8시 3분, 딸!"

아직은 비몽사몽간이라 그들이 주고받는 말이 매우 비현실적으로 느껴졌고, 그래서인지 환청처럼 들렸다. 마치 딴 세상에서 일어나는 일을 스크린이나 꿈으로 보고 있는 듯한 착각이 들었다.

하지만 옹골찬 아기 울음소리에 곧 현실임을 알 수 있었다.

"응애 응애~!"

의료진 중 한 사람이 탯줄을 자른 아기를 들어 올려 나에게 보여주었다. 눈을 꼭 감은 아기는 지푸라기라도 붙잡으려는지 팔다리를 마구 버르적거리며 앙앙, 울어댔다.

'누구! 너였구나. 잠시도 나를 가만 놔두지 않고 밤낮으로 흔들어대던 존재.'

벌겋고 축축한 살갗, 새카만 머리카락이 머리에 딱 붙어있는 아기.

그 순간 내게는, 누구가 어떤 행성에서 출발해 방금 지구에 도착한 낯선 생명체로 읽힐 뿐이었다. 왜 그런 생각이 들었는지는 나도 모르겠다.

내 속 마음을 알아챘는지 의료진이 눈을 찡긋하며 말했다.

"예쁘죠? 씻고 나면 더 예쁠 거예요. 부세요, 산모를 꼭 닮았네요."

아직은 그 말을 곧이곧대로 받아들일 수 없었다. 솔직히 산모 마음 편하라고 하는 말 같았으니까. 그러나 조금 웃어보였다. 그러면서 아기 손과 발을 자세히 들여다봤다.

그러자 눈치 빠른 그 의료진이 손과 발이 잘 보이도록 아기를 보여줬다.

"손가락이 열 개, 발가락도 열 개, 정상입니다."

그제야 간신히 대답했다.

"감사합니다."

의료진이 아기를 데리고 나갔다. 목욕을 시키고 건강을 체크하려는 걸 거다. 산고에 비하면 아픈 거도 못 느낄 정도의 약한 통증이 느껴졌는데, 여의사가 산후처치를 하고 있었던 거였다.

비로소 유미가 떠올랐다. 그래서 의료진에게 혹시 내 친구 유미가 아직도 나를 기다리고 있는지 물어봤다. 그러자 누군가가 말해줬다.

유미는 대기실에서 내내 나를 기다리고 있다가 7시경에 아기와 남편이 걱정된다며 집으로 갔다고 했다. 그리고 내 보호자가 지금 여기로 오고 있다는 연락이 왔다는 말도 했단다.

'갔구나, 기다리고 있는 줄 알았는데….'

고마운 마음과 서운한 감정이 동시에 들었다. 자고 있던 와중에 불려와 고생했을 걸 생각하면 당연히 고맙다. 그러나 한참 산고를 치르고 있는 나를 두고 자리를 떴다는 생각을 하면 심장이 저릿하다.

당연히 가족이 중하겠지. 나는 친구일 뿐이니까. 그러니 유미가 간 걸 나는 마땅하게 생각해야 한다. 그래도 섭섭한 긴 사실이다.

'참, 그보다 내 보호자가 지금 여기로 오고 있다고 했잖아!'

유미가 가기 전에 외삼촌하고 통화를 한 모양이다. 얼마 안 있으면 내가 출산할 거라는 말을 의료진한테 들었을 테니, 외삼촌이 올 때쯤이면 분만을 했을 거라고 판단한 거 같다.

'외삼촌이 곧 들이닥친다!'

외삼촌은 외숙모랑 같이 올 거다. 그게 사실이냐, 무슨 말도 안 되는 소리냐, 유미한테 따져 묻다가 무슨 병원이라고? 뜻밖의 전화 한 통에 혼비백산하여 달려오고 있을 두 분을 그려 보니 말할 수 없는 슬픔이 밀려왔다.

'외삼촌 눈을 어떻게 보지?'

생각만으로도 심장이 벌렁거리고, 롤러코스터를 탄 듯 배꼽 아래가 서늘해진다. 그럴 수만 있다면 쥐구멍에라도 숨어버리고 싶다.

'엄마, 나 어떡해?'

벌써부터 눈물이 스멀스멀 올라온다.

"지, 이제 잘 미무리 됐으니까 산모를 옮깁시다."

여의사가 일어나며 조금 지친 목소리로 말하자, 기다리고 있던 의료진이 내 침대를 밀고 분만실을 나서기 시작했다.

"산모님, 그럼 입원실로 이동하겠습니다."

그때 복도에서 다급한 발자국 소리가 났다. 두세 명이 함께 움직이는 소리 같았다. 그러더니 내 고막을 강타하는 말소리가 났다.

"명해린이 지금 어딨습니까?"

"명해린 산모 보호자세요?"

"예!"

"이리로 오세요."

내 침대가 막 분만실을 빠져나가고 있었고, 간호사를 따라 외삼촌과 외숙모가 분만실로 다가오고 있었다.

나를 발견한 간호사가 내 침대를 가리키며 말했다.

"아, 마침 명해린 산모가 나오고 있네요. 이미 출산을 하셨고 이제는 입원실로 가고 있는 중이었어요."

나는 서둘러 이불을 끌어당겨 얼굴을 푹 덮었다. 도저히 두 분을 마주 볼 자신이 없었다. 어떻게 그들을 본단 말인가. 내 맨정신, 본정신으로는 그들을 볼 수 없을 거다.

의료진이 잠시 내 침대를 멈춰 세웠다. 보호자와 산모간의 다정한 대화라도 나누라는 의도 같았다. 그렇지만 나를 내려다보며 거친 날숨만을 내쉬고 있는 외삼촌이 고스란히 느껴질 뿐이었다.

외삼촌은 어떤 말도 안 했다. 외숙모도 침묵하고 있었다. 짧은 시간이었지만 내겐 억겁의 시간처럼 와 닿았다.

내가 공기였거나 구름이었으면…, 그럼 난 소리 소문 없이 하늘로 들모 벌리벌리 달아날 수 있었을 텐데. 나는 왜 날 수도 없고 쥐구멍에조차 숨을 수 없는 사람으로 태어났을까. 그도 저도 아니면 작은 새나 잠자리가 되었어도 괜찮았을 텐데 말이다.

그제야 사태를 눈치챈 의료진이 조금 당황한 목소리로 말했다.

"서로 간에 조용히 할 말이 있으신 거 같은데요. 일단 입원실로 가서서 말씀들 나누시는 게 좋을 거 같습니다."

마침내 외삼촌이 입을 뗐다.

"알겠습니다. 입원실은 어딥니까?"

"8층이에요."

"1인실은 아니죠?"

"예, 3인실."

"1인실로 옮겨주세요. 가능하면 지금 바로요."

두 분을 안내해 온 간호사가 대답했다.

"예, 그럼 일단 1인실로 가시지요. 변경 수속은 나중에 받도록 하고요."

그러면서 의료진에게도 말을 했다.

"801호로 가주세요. 1인실이고 정리를 끝내 놔 지금 바로 옮겨 사도 될 거예요."

의료진이 내 침대를 다시 밀었다.

"알겠습니다, 801호로 갑니다."

입원환자 유의사항을 알려주고, 환자인 나에 대한 기본적인 사항을 체크한 간호사가 방을 나갔다. 그러고 나자 곧바로 묵직한 침묵이 찾아왔다.

조금 전, 간호사가 나가려는 기미가 보일 적에 나는 재빨리 벽을 보며 돌아누웠었다. 그래서 침대를 향해 놓인 소파에 나란히 앉은 외삼촌과 외숙모를 내가 볼 수는 없다. 그러나 그들의 움직임만큼은 느낌으로도 알 수 있다.

한동안 그들은 아무 말도, 어떤 움직임도 없었다. 그저 침묵, 또 침묵할 뿐이었다. 마치 그러기 위해 나를 찾아온 사람들처럼 그랬다. 그게 나를 더욱 주눅 들게 했다.

외삼촌이 헛기침을 했다. 드디어 말을 하려나 보다. 맞다, 그가 낮고 자조적인 목소리로 말했다.

"그러니까…, 자퇴한 게 결국 저 아기를 가진 탓이었구나. 네 아빠에 이어 엄마까지 그렇게 되고 나자 네가 정말 마음을 못 잡아 그러는 줄 알고 난 묻지도 따지지도 않고 흔쾌히 자퇴에 동의해 줬었는데 말이야. 솔직히ㆍ정말ㆍ실망이다."

말을 시작할 때와는 달리, 끝날 쯤에는 한결 목소리 톤이 올라가 있고 떨리기까지 했다. 그는 정말 나에 대해 엄청 실망한 모양이다. 그렇겠지, 나라도 그랬을 거다. 인정한다.

"……."

나는 가만히 듣기만 했다. 그가 무슨 말을 할 것인지는 굳이 그의 입을 통하지 않아도 충분히 유추할 수 있다.

"너는 아주 우수한 아이니까, 혼자 공부해도 얼마든지 네 앞날을 헤쳐 나가는 데는 별 문제가 없을 거라 생각했어. 그리고 마음을 못 잡는 게 문제지. 마음만 잡으면 언제라도 네 마음 내킬 때 다시 재입학해 공부를 이어나갈 수 있다고 생각했다. 그런데, 그런데 이렇게 뒤통수를 쳐?"

그는 장거리를 내처 달려온 사람처럼 헐떡거렸다. 이윽고 마음을 다잡기가 힘든지 흐느낌을 닮은 신음소리를 내며 자리에서 벌떡 일어났다. 그러고는 창문 앞으로 걸어가는 소리가 뚜벅뚜벅 났다.

그때 복도에서 아기 울음소리가 났다. 산모가 아기를 데리고 퇴원을 하는지, 조리원으로 옮겨가는지, 모두 팝콘 터지듯 상큼한 웃음을 주고받으며 설어가는 왁자한 소리가 내 방 코앞을 지나가고 있었다.

축복 받은 아기, 축하 받는 산모, 그들은 전생에 어떤 위대한 일을 한 자들이란 말인가.

그가 다시 자리로 가서 앉더니 차분하게 말을 이었다.

"그래, 맞아. 어떤 사정이 있었겠지. 그렇게 생각할게. 한데, 그럼 저 아기 애비는 누구냐?"

헉, 숨이 막혔다. 이쯤에서 이런 질문이 나올 거라는 걸 예상했는데도 그게 다는 아니었다. 갑자기 멀쩡했던 오줌이 다 마려워졌으니 말이다. 이 방으로 들어오자마자 화장실부터 다녀왔었는데도 그렇다. 휴우~!

나는 이런 일을 대비해 나름의 매뉴얼을 만들었고, 지금까지 죽 그 내용을 되새겨보는 시간을 수도 없이 가져왔었다.

그래서 지금의 내 대답은 '노코멘트', '함구로 일관하기'다. 재갈을 물려 아무 말도 할 수 없는 거처럼 일절 말을 삼가는 거다.

"……."

그의 목소리가 또다시 한 톤 올라갔다.

"진작 말했으면 어떻게 손이라도 써 볼 수 있었을 텐데, 무슨 생각으로 이렇게 덜컥 애를 낳고서야 연락을 하는 거냔 말이다, 응?"

외숙모가 침묵을 깨고 끼어들었다.

"당신, 목소리를 좀 낮춰. 그리고 자꾸 이렇게 애를 몰아붙이기만 하면 애가 순순히 대답을 하고 싶겠어?"

그가 땅이 꺼지도록 긴 탄식을 했다. 그러고 나더니 조금 담담해진 목소리로 말했다.

"애는, 애는 어쩔 셈이냐?"

거의 다 왔다. 이제 내가 얘기해야 할 때가 온 거다. 이쯤에서 나는 내 의사를 제대로 표시해야 한다는 게 흔들림 없는 내 생각이었다. 그러나 그런다고 내가 당당하다는 뜻은 아니다.

나는 크게 말한다고 했는데 내가 듣기에도 모기소리 만하게 들렸다.

"내가 키울래요."

그가 소리치며 벌떡 일어났다.

"뭐?"

그녀도 놀랐는지 말까지 더듬었다.

"쟤가, 쟤가 뭐, 뭐라 그러는 거야?"

그가 성큼성큼 걸어 문을 소리 나게 열고 밖으로 나갔다. 그녀도 그를 따라가려는지 내 옆으로 와 서둘러 말했다.

"오후에 다시 올게."

그녀마저 나가버리자 1인실 너른 공간에 또 나 혼자 남겨졌다. 나는 언제까지나 혼자여야 하는 사람인가보다. 그러니까 결국 내 편은 저 아기, 누구, 하나뿐이란 말인가. 가엾은 아기, 그리고 애처로운 나.

참을 수 없이 눈물이 터져 나왔다. 누구처럼 울었다. 태어나자마자 앙앙 울어대던 누구처럼 나도 참 철없이 울었다. 한참을 그렇게 울고 나니 그제서야 좀 숨을 쉴 수 있을 거 같았다.

「자퇴한 게 결국 저 아기를 가진 탓이었구나, … 솔직히 · 정말 · 실망이다.」

왜 하필 이 말이 나를 떠나지 않고 내 머릿속에서 맴을 돌까.

외삼촌이 내게 한 말 가운데 가장 나한테 상처를 준 말이라서? 그렇다, 그가 나에 대해 커다란 실망을 느낀 거처럼, 나 또한 마음이 상했다. 내 맘 속의 말을 털어놓을 수 없는 상황이라 그렇지, 나도 하려고 하면 너무도 할 말이 많은 사람이다.

「쿵쾅쿵쾅 콩닥콩닥~!」

그때 초음파로 아기집을 보고 그 심장소리까지 듣지 않았다면 어땠을까. 그냥 단순히 임신인 거만 알았더라면, 나는 여기까지 오지 않았을 거다. 낳아서 키우려는 결정 같은 건 안 했을 거라는 거다.

임신 사실을 알고 나서도 처음 몇 달 동안은 그저 하루 종일 걱정만 될 뿐, 뱃속에 아기가 존재한다는 사실이 실감나지 않았다. 그러다가 태동이 느껴지면서 소름이 끼치도록 겁이 났다.

정말이네, 진짜 내 뱃속에서 아기가 점점 자라나고 있어. 그런 생각에 밤마다 오들오들 떨었다.

중간고사 성적이 바닥을 치고 배가 불러오며 살이 찌기 시작하자, 반 친구들과 담임이 수상쩍게 보는 거 같았다. 나에 대한 기대가 컸던 담임의 시선이 칼날보다 더 따갑게 느껴졌다. 미진이가 나를 쌀쌀맞게 대하는 걸 보고는 더욱 그들이 그렇게 여기는 듯했다.

그 애가 나에 대해 일언반구도 안 하고 있었지만, 어느새 안 좋은 추측과 소문이 눈덩이처럼 불어나 나는 더 이상 학교를 다닐 수 없게 되었다. 사람은 굳이 말로 표현하지 않아도 눈빛이나 표정에서 많은 정보를 읽을 수 있다. 그들이 내가 자신들의 영역에서 떠나주기를 바라고 있다는 게 온전히 느껴졌으니까.

따지고 보면 그 몸으로 학교를 계속 다니는 거도 무리긴 했다.

기말고사를 며칠 앞두고 나는 자퇴를 결심했다. 외삼촌에게 자퇴를 한 후 검정고시를 치겠다, 학교에 다니는 게 너무 힘들다는 내 뜻을 밝히자 의외로 그는 별다른 말없이 동의를 해줬다.

담임에게 자퇴원을 내려간 날이 지금도 눈에 선하다. 태어나 그린 모욕을 당한 건 처음이었으니까. 하도 은근해서 처음에는 긴가민가하기도 했지만, 그건 분명 한 인간에 대한 멸시에 다름 아니었다.

담임은 상담실로 나를 데리고 갔고 앞자리에 앉으라고 눈짓을 했다. 앉으려고 의자를 당기는데 그녀는 내 얼굴이 아닌 내 배를 쳐다봤다. 너무 대놓고 뚫어져라 보는 바람에 민망해 얼굴이 빨 개지고 말았다.

그녀기 다 알겠다는 듯 불편한 표정으로 말했다.

"내가 널 얼마나 아끼고 기대가 컸는 줄 아니?"

"……."

"그걸 아는 애가…. 어휴, 내 참!"

"……."

한숨을 내뱉고 나더니 짜증스레 쯧, 혀를 찼다.

"그래, 정말 자퇴할 거야?"

"예."

그녀는 기다렸다는 듯 내 자퇴원을 냉큼 받아들였고 그걸로 끝이었다. 그녀가 자리에서 일어나며 나가보라고 하자, 나는 급히 거기를 나와 버렸다. 그녀를 스쳐 지나 밖으로 나오는데 눈물이 주르르 흘렀다.

자퇴라는 게 그렇게 쉽게 이루어지는 거라는 걸 나는 믿을 수가 없었다. 아니, 인정할 수 없었다. 어떻게 한 사람이 공부에 정진했던 그 시간들의 역사가 그렇게 허무하게 끝나버릴 수가 있단 말인가!

그날, 하도 허망하고 공허해 몇 번이나 발을 헛디뎌 넘어질 뻔하면서 집으로 왔었다.

그러고는 가능하면 내 머릿속에서 학교에 관한 일, 담임에 관한 일을 잊어버리려고 노력했다. 그러나 그럴수록 너욱너 그 기억들이 선명히 떠올라 한참씩 몸살을 앓듯 흐느껴 울곤 했지만, 이제는 그 일들도 다 아주 오래된 일처럼 느껴진다.

그렇게 길다면 길고 짧다면 짧은 몇 달 사이에 내 인생 행로는 참 많이도 바뀌었다. 아무도 모르게 옷으로 배를 감싸고 아기를 지켜내기 위해 살아온 나의 몇 달을 어떻게 필설로 다 말할까.

그 일?

병원에서 이틀 밤을 자고 퇴원했다. 보통 출산 3일째 되는 날 산후조리원으로 들어간다는데, 나는 그냥 집으로 왔다. 미성년 미혼모인 걸 사람들이 알고 나면 얼마나 눈총을 쏘아댈지 안 봐도 뻔하다.

외삼촌과 외숙모의 눈치를 봐야 하는 거만으로도 나는 충분히 힘들다. 그런데 거기에서까지 문제아에 구제불능의 이방인 취급을 받고 싶지는 않다.

게다가 나는 이왕 내가 잘못한 일이라 세상의 그런 처사라도 감수하겠지만, 아무런 잘못이 없는 아기한테만은 그런 대우를 받게 하고 싶지 않다. 절대 안 된다. 그건 너무 가혹한 일이다.

외숙모가 아기를 안고 외삼촌은 내 짐과 아기 짐을 들고 집으로 왔다. 그녀를 따라 현관으로 들어서던 나는 깜짝 놀랐다. 거실 한편에 아기용품 일습이 놓여 있는 게 보였으니까.

내가 입원해 있는 사이에 그녀가 이 모든 걸 준비해 둔 거였다.

'역시 외숙모였어. 외숙모밖에 없었어. 이래서, 이래서 내가….'

눈물이 핑 돌았다. 그녀 품에 와락 안겨 '고마워요, 외숙모!' 하고 싶은 마음에 몸이 달싹거렸지만 꾹 눌러 참았다. 지금 나의 상황은 그럴 처지가 못 된다. 나는 죄인, 석고대죄 해야 할 대역죄인이니 처신에 맞는 행동을 해야 한다.

'그렇지만….'

아무리 그래도 고맙다는 말 한 마디를 안 하고 지나가려니 뺨이 절로 붉어지고 만다. 지시약보다 더 정직한 내 얇디얇은 얼굴 피부 때문에, 나는 거짓말탐지기가 필요 없는 사람인 거 같다. 아마 목덜미까지 빨개졌을 거다.

두 분은 그런 나를 못 본 척 곧장 내 방으로 갔다. 따라 가 봤더니 내 방 안에도 아기 침대와 모빌이 있고 천장에는 야광 스티커까지 붙여놓았다. 별자리 모양의 형광 스티커였다.

그가 들고 온 짐을 문 옆으로 내려놓자 그녀가 아기를 그에게 넘겨주었다. 그러고는 아기 침대에 놓인 이부자리를 꺼내 방바닥으로 펼쳐놓았다.

"아직은 아기가 너무 어려 바닥에 눕히는 게 더 좋을 거야."

나는 고개를 끄덕끄덕했다. 왜 그녀 밀에 반대하겠는가.

그녀가 그에게 아기를 받아 이부자리에 눕혔다. 병원에서 나올 때부터 잠을 자고 있던 아기가 아직도 자고 있다.

「예쁘죠? 씻고 나면 더 예쁠 거예요.」

그 병원 의료진의 말이 맞았다. 그날 씻고 나서 보니 조금 예뻐 보였었다. 그리고 오늘, 출생 3일 차인 오늘은 더 귀여워 보이니 말이다. 볼에 조금 젖살이 오르고 얼굴에 붉은 기가 빠진데다가 몸이 보송보송해서 그런 거 같다.

아기 옆으로 풀썩 쪼그리고 앉았다. 서 있는 게 너무 힘들었다. 아직 나이가 있는데도, 출산을 하고 나서 그런지 다리에 힘이 하나도 없고 앉거나 설 때마다 어질어질하다.

그녀가 내 어깨를 똑똑 치며 말했다.

"산모는 잘 먹고 편히 쉬어야 하는 거야. 그런데 그렇게 앉으면 가뜩이나 약해진 몸이 상해 버린다고. 그래서 '산후조리'라는 게 있는 거지. 그러니까 넌 시간만 나면 자꾸 아기 옆에 드러누워."

그러면서 장롱에서 얇은 이부자리를 꺼내 아기 옆에 펼쳐놓더니 눈짓을 했다. 어서 누우라는 사인이었다.

나는 그녀가 깔아놓은 요 위로 누웠다. 그러고는 눈을 꼭 감았다. 그녀가 일어나더니 방에 불을 꺼주고 나서 거실로 나갔다. 고개를 들고 보니 방문을 조금 열어놓고 나갔다.

열린 문 사이로 그가 보였다. 그는 주방 식탁 내 자리에 앉아, 내가 펼쳐놓은 교재들을 뒤적이고 있었다. 그는 긴 한숨을 내쉬었고, 팔짱을 끼더니 무슨 생각엔가 잠기는 거 같았다.

'죄송해요, 외삼촌.'

얼마 후 주방에서 달그락거리는 소리가 났다. 그리고 도마에 칼질하는 소리가 나더니 미역국의 달큰한 냄새가 났다.

'미안해요, 외숙모.'

그녀가 나를 위해 미역국을 끓이고 있다는 생각을 하니, 또다시 아무도 보고 있지 않는데도 얼굴에 후끈 열기가 느껴진다. 정말 나는 골 때리는 아이다. 한 점 티끌조차 견뎌내지 못하는 나란 사람.

아기가 깨서 울었다.

"응애 응애~!"

병원에서 봤던 대로 분유를 태워 입에 물렸다. 하지만 혀로 자꾸 밀어내면서 고개만 홰홰 내저었다. 실눈을 뜨고 마치 누군가를 찾고 있는 듯, 그러나 당신은 아니라는 듯, 나하고 눈이 딱 마주쳤는데도 그런다.

'내가 엄마야.'

아기에게 마저 투명인간 취급을 받는 느낌이 들어 기분이 묘했다.

가능하면 안아주지 말라던 병원 간호사의 말이 떠올랐지만, 아기를 부둥켜안고 다시 젖병을 입에 물려봤다. 대신 봐줄 사람도 없고 여기서는 내가 봐야할 상황이니 어쩌겠는가.

혹시라도 떨어뜨릴까 봐 겁이 나 병원에 있을 때 나는 거의 아기를 안지 않았었다. 그리고 너무나도 작고 연약해 보여 잘못 만지다가 상처라도 나면 어쩌나, 하는 두려움 때문에 안는 건 되도록 안 하려고 했던 거다.

"으아아앙, 응애 응애~!"

아기는 젖병을 밀어내며 누워있을 때보다 더욱 크게 울었다. 내가 안은 게 불편해서인지, 아니면 아직 배가 고프지 않아서인지 모르겠지만, 이상하게도 내겐 나의 손길을 거부하는 거처럼 해석된다. 자격지심인가.

"오냐, 오냐. 알았다, 알았어!"

아기 울음소리를 듣고 그녀가 허겁지겁 달려왔다. 손에는 반상이 들려있었다. 그녀가 상을 내 앞으로 내려놓고는 아기를 데려가 안았다.

"어서 먹어. 먹기 싫어도 국에 말아 다 먹어야 해."

상 위에는 황태미역국과 밥, 그리고 밑반찬 몇 개가 놓여 있었다. 만감이 교차했다.

엄마는 일일연속극을 좋아했다. 힘들게 하루를 마치고 집으로 돌아와, 나하고 저녁을 먹고 난 후 일일연속극을 보는 걸로 그날 그날 쌓인 피로가 풀린다고 했다. 나는 화장실을 드나들거나 물을 먹으려고 거실로 나왔다가 엄마 곁에 앉아 잠깐씩 그걸 같이 보곤 했었다.

연속극을 보다보면 유난히 출산한 산모가 자주 등장했다. 그녀들은 시부모나 친정부모가 끓여준 미역국을 먹으며 행복해하거나 불행해했다. 그런데 그녀들 대부분은 나보다는 한참은 나이가 많은 산모들이었다.

그런 그녀들이 먹던 미역국을, 그것도 내가 출산을 하고나서 먹게 되다니 만감이 교차하지 않겠는가. 믿을 수 없는 일이고, 믿고 싶지 않은 일이지만, 믿어야만 하는 일이 되어버리고 말았다.

상을 당겨 숟가락을 들었다. 황태미역국이 입에 착착 붙었다. 안 그래도 조금 속이 허전하다고 느끼고 있던 터라 그런가 보다. 몇 숟가락을 뜨고 나서 보니, 그녀 품에 안긴 아기가 거짓말처럼 편안한 얼굴로 분유를 먹고 있다.

그녀가 엄마이기라도 한 거처럼 아기는 그녀와 눈을 맞추고 있다. 그러고는 그녀의 시선을 놓치지 않겠다는 듯 새까만 눈동자로 그녀를 뚫어지게 보고 있다. 이런 상황, 참으로 난감하다.

밥이 조금 많은 듯했지만, 그녀의 정성에 감사하는 마음으로 국에 밥을 다 말았다. 국밥을 모두 비워내고 상을 방 문 가까이로 미는데, 나를 보고 있는 까칠한 눈길이 감지됐다.

눈총이 날아오고 있는 곳으로 시선을 돌렸다. 그였다, 외삼촌.

그가 나를 넋이 빠진 사람처럼 멍하니 바라보고 있었다. 엄밀히 말하자면 그 눈빛은 생각 많은 눈, 그런 눈이었다고 하는 게 맞겠다.

그렇다 하더라도 그 눈빛이 아팠다. 채찍으로 내리치고 있는 거보다 몇 배는 더 쓰리고 따가웠다.

'제발…!'

나는 도저히 그 눈실을 감당할 자신이 없어 재빨리 이부자리 위로 도망을 쳤다. 그래서는 모로 누워 새우처럼 몸을 말고, 온몸으로 받아내야 하는 그의 시선을 최소화하려고 애를 썼다.

"끄응~!"

그가 자리에서 일어나며 장탄식을 했다. 그러더니 내 방 문 앞으로 와 그녀에게 말했다.

"나 지금 나간다. 남은 일 처리해 놓고 다시 올게."

그녀가 말없이 고개를 끄덕였다. 그가 밖으로 나갔고, 이어서 열고 나간 문이 쿵, 하고 비명을 질렀다.

저녁을 먹고 나서 깜빡 잠이 들었다가 깼는데 밤이었다. 내 방에 불을 끄고 있어서 조금 열린 방 문 사이로 거실이 환하게 느껴졌다.

거실에 놓여 있는 티브이에서 9시 뉴스가 흘러나오고 있었다. 외삼촌 목소리와 외숙모 목소리가 간간이 나지막하게 들렸다. 그가 돌아와 그녀와 거실에서 뉴스를 보며 얘기를 나누고 있는 모양이었다.

티브이 볼륨이 제법 커서 두 사람이 무슨 얘기를 나누는 지는 잘 들리지 않았다. 하지만 개의치 않았다. 두 분은 대학교 신입생 오리엔테이션에서 만나 사귀게 된 캠퍼스 커플이다.

이십 년 가까이 지근에 두고 서로를 알아왔으니, 가족들보다 상대를 더 잘 알 거다. 그만큼 서로에 대한 신뢰도 크다. 그리고 얼마 전부터는 그녀가 여행사 일에서도 큰 몫을 담당하고 있다는 말을 들었었다. 그러니 얼마나 할 얘기가 많을까.

다만 티브이 소리가 다소 커 아기가 깰까 봐 신경이 쓰여 아기 쪽을 돌아봤지만, 아기는 쌕쌕 규칙적인 숨소리를 내며 잘도 자고 있다. 날마다 이렇게 먹고 자고 먹고 자고, 순둥이처럼 자라주면 좋겠다.

산모는 아기가 자고 있을 때 자야 한다는 말이 떠올랐다.

'그래, 자자.'

잠이 또 오겠나, 하는 생각이 들었지만 눈을 감았다. 그리고는 잠을 청하는데 갑자기 어떤 단어들이 화살처럼 날아와 내 귀에 꽂혔다.

"해린이…, 아기."

다른 말소리는 잘 안 들려도 내 이름과 아기라는 말은 기가 막히게 내 고막에 도달해, 내 몸의 모든 신경을 초긴장하게 만들었다. 나는 자리를 떨치고 일어나 앉았다. 그래서는 방 문 앞으로 엉금엉금 기어가 거실 쪽으로 귀를 쫑긋거렸다.

그들이, 이 밤중에, 나와 아기에 대한 얘기를 하고 있다면 이는 반드시 우리에게는 무척 중요한 일일 터였다.

더구나 나는 비록 나의 일이라 해도 신분상, 재산상의 결정권이 없는 미성년이다. 그리고 외삼촌은 나의 생사여탈권을 틀어쥐고 있는 나의 후견인이다. 그러니 그가 나에 대한 어떤 결정을 내리고 나서 그대로 밀고 나간다고 해도 나는 어쩔 도리가 없다.

듣고자 하니 들렸다. 눈을 꼬옥 감고 집중에 집중을 하니 두 사람의 대화가 들리기 시작했다. 그러나 어떤 부분은 껑충 뛰어넘고, 대화 내용 중 아주 일부분만 들리기도 했다. 주로 그가 말을 했고 그녀가 듣고 있다가 짤막하게 대답하는 식이었다.

"…, 출생신고가 급해."

"그래?"

"그래야 그 일을 …수 있다고 하더라고."

"그렇구나."

머릿속에서 불이 번쩍 일었다.

'그 일?'

미친 듯 뛰고 있는 가슴의 고동 소리가 내 귀에도 들려왔다. 이대로 가다가는 심장이 터져버릴 거만 같았다.

그 일, 그 일이 뭘까? 분명 좋은 일은 아닐 거다. 혼란스러울 때마다 올라오는 메슥거림이 또 올라왔다. 눈앞이 하얘지고 몸이 부르르 떨렸다.

뉴스가 끝나고 공익광고가 나오고 있었다. 그러고도 이런저런 광고가 나오자 티브이 볼륨을 낮춘 모양이었다. 한결 티브이 소리가 낮아졌다.

그가 다시 말을 이었다.

"그래서 말인데, 해린이가 아기하고 정이 들기 전에 하루라도 빨리 아기를 보내는 게 해린이한테나 아기한테나 둘 다를 위해 최선이니 서둘러 출생신고부터 마치자고, 알았지?"

"내일 하자는 거야?"

"응, 그러면 제일 좋지. 그거부터 끝내야 다음 단계를 밟을 수 있게 되는 거니까."

마음이 편치 않은지 그녀가 잔뜩 뜸을 들인 다음에야 겨우 대답을 했다.

"마땅히…, 그래야지. 근데 참 내키지 않는다, 그치?"

"그렇지, 그래도 이게 다 해린이를 위해서 하는 일이니 어쩔 수 없지."

나는 그만 털썩 주저앉고 말았다. 저 얘기는 '입양' 이야기다. 아기를 입양 보내겠다는 얘기가 아닌가!

'말도 안 돼. 왜? 왜, 당사자인 나한테는 물어보지도 않고….'

눈물이 터져 나오는 걸 손바닥으로 억지로 틀어막았다. 내가 지금 듣고 있다는 걸 두 분이 알면 정말 일을 그르칠 수 있다. 온 힘을 다해 비어져 나오려는 울음소리를 밀어 넣었다.

그의 입에서 마침내 그 말이 나왔다.

"그때까지만, 입양 수속이 끝날 때까지만, 당신이 힘든 거 아는데 해린이 잘 다독거리고 아기도 좀 많이 돌봐주라고. 부탁해."

"알았어, 그야 당신이 말 안 해도 당연히 내가 하는 거지. 쟤는 내 딸이나 다름없잖아. 우리가 만난 세월이 얼만데 그래."

그가 울먹거렸다.

"이렇게 하는 게 맞겠지? 누나가 살아 있다고 해도 나처럼 이런 결정을 내리겠지?"

"그럼, 우리 해린이 살날을 생각해 봐. 애 앞날이 구만리야. 당신 누님 살아계셔도 무조건 이런 선택 하실 거야."

나는 조심조심 기어서 나시 사리로 돌아왔다. 땅을 치고 발을 구르며 통곡하고 싶은 심정이지만 그럴 수가 없다. 그렇다고 대들면서 따질 수도 없는 노릇이다. 그런다고 내 말을 들어줄 리도 없고.

'어쩌면 좋단 말인가, 어쩌면…!'

나는 이불을 덮어쓰고 조용히 울었다. 내 울음소리가 아기를 깨워서도 안 되고 두 사람에게 들려도 안 되니까.

05 참 낯설다

"간다!"

드디어 외삼촌이 집을 나가려는 거 같았다. 몇 번이나 간다고 하고는 다시 대화를 나누곤 하더니, 마침내 그가 현관으로 걸어 나가는 소리가 났다.

외숙모가 하품을 머금은 목소리로 말했다.

"아침에 빨리 와."

"응."

문이 쿵덕 닫히는 소리가 나자 그녀가 티브이를 껐다. 그러고 나자 그녀의 발자국소리가 선명하게 들렸다. 그녀는 내 방을 향해 오고 있었다. 벌렁거리는 가슴을 끌어안고 자는 체하고 있으려니 죽을 거만 같다.

조금 열린 문을 살며시 밀며 들어선 그녀가 나와 아기를 살펴보는 듯했다. 그러고는 빈 젖병을 챙겨들고 방을 나갔다. 거실을 정리하고 젖병을 씻어 소독하고 나서야 그녀는 엄마가 쓰던 안방으로 가 방에 불을 껐다.

그녀는 자려는가 보다. 이제부터는 그녀가 깊은 잠이 들 때까지 기다려야 한다. 그래야 이 집에서 벗어날 수 있을 테니까. 누구를 구하려면 이 방법밖에 없다.

내 말 따위 그는, 철없는 어린아이 말로 철저히 무시해버리고 말 테니 누구를 데리고 여기서 탈출하는 수밖에.

그리고 생각해 보면 누구를 구출할 수 있는 기회도 지금 이 시간대뿐이다. 어쩌면 아침이 밝자마자 두 분은 곧바로 누구하고 나 사이를 갈라놓으려고 할지도 모르는 일이다. 그렇게 되면 나는 눈을 뜨고 뻔히 보면서도 그런 사태를 막을 힘이 없고.

"도로롱 도로롱~!"

기다리고 기다리던 소식이 왔다. 그녀는 잠이 들면 코를 곤다. 초등학생 시절 나는 한동안 그녀와 같이 자곤 했었다. 엄마가 늦어지는 날 그녀에게 나를 봐달라고 부탁을 하면, 그녀는 나하고 밥도 같이 먹고 게임도 같이 했다.

그러다가 엄마가 더 늦어진다는 연락이라도 오면 그녀는 나와 함께 잠을 잤다. 그러던 어느 날, 그녀가 먼저 잠이 들었었는데 그 날 나는 그녀가 코를 심하게 곤다는 걸 알게 됐다.

내가 먼저 잠이 들었을 때는 전혀 문제가 안 됐던 게, 그녀가 먼저 잠이 들자 나를 무척 힘들게 했다. 코고는 소리 때문에 내가 잠이 들 수 없었던 거다. 내가 뜬 눈으로 엄마를 맞이한 날 이후 그녀와 나의 동침은 끝이 나버렸다.

오랜만에 들어보는 그녀의 코고는 소리가 정겹게 느껴졌다. 그런 정겨움이, 엄마가 있고 그녀와 그가 자주 찾아오고 나도 아무 걱정 없이 학교에 다니던 시절을 소환해 또 눈물이 왈칵 쏟아졌다.

'이럴 때가 아니지!'

눈물을 훔치며 일어나 시계를 봤다. 11시 10분. 까치발을 하고 살금살금 안방으로 가보니 그녀가 잠이 든 게 확실했다.

사람은 참 안 변하는가 보다. 그녀가 만세 자세로 잔다는 걸 코고는 걸 알게 된 날 처음으로 알았는데, 아직도 그녀는 그 자세로 잠을 잔다. 말할 수 없이 편안해 보여 잠시 내 눈 속에 그녀 모습을 깊이 담았다.

'어서, 어서 달아나야 해!'

머릿속에 그런 각성이 들자 얼른 내 방으로 돌아와 소리 나지 않게 방문을 닫았다. 그러고는 미리 생각해 둔대로 유미한테 보낼 문자를 만들었다. 손이 와들와들 떨려 글이 제대로 써지지 않았다.

― 유미야, 나 지금 당장 아기랑 집에서 나가야 할 일이 생겼는데 갈 데가 없어. 나 오늘 하룻밤만 재워줘.

그러나 막상 써놓고는 선뜻 보내지 못하고 한동안 망설이다가 이를 악물고 '보내기' 버튼을 꾹 눌러버렸다.

유미가 볼까. 잠들면 세상모르고 잔다는 말을 들은 적이 있다. 막말로 바로 옆에 폭탄이 떨어져도 자기는 안 깰지 모른다며 헤헤헤 웃던 유미가 떠올랐다.

아무 회신이 없으면 전화를 해야 하는데, 그렇게 되면 아기가 깰 수도 있고 잠귀 밝은 그녀가 나타날 수도 있다. 그렇게까지는 안 됐으면 좋겠는데…. 나도 모르게 손톱을 물어뜯고 있었다.

어느덧 문자를 보낸 지 5분 정도가 흐르고, 모험을 감행하더라도 전화를 해야 하나, 생각할 즈음 문자가 하나 도착했다. 유미가 보낸 문자였다.

― 무슨 일인지는 몰라도 진짜 급한가 보네. 알았어, 택시 타고 와. 집 앞에서 기다릴게.

잽싸게 답장을 보냈다.

― 고마워. 출발할게.

눈물이 핑 돌고 손에 힘이 풀려서 하마터면 휴대폰을 떨어뜨릴 뻔했다. 나는 준비해 둔 백팩을 가져와 간단하게 짐을 꾸렸다. 장롱을 열 수도 책상 서랍을 열 수도 없는 일이라, 소리를 내며 챙겨야 하는 짐은 모두 포기하고 할 수 있는 한 빨리 그 일을 마무리했다.

머뭇거리고 있는 사이에 아기가 깨서 울기라도 하면 모든 일이 허사로 돌아가고 만다. 그길로 끝장이다.

마지막으로 손지갑을 거머쥔 나는 뚱뚱해진 백팩을 등에 둘러멨다. 그러고 나서 조심스레 싸개에 싸인 아기를 안았다. 이 일은 내게 여간 힘든 일이 아니다. 실수로 떨어뜨리기라도 하면 어쩌나, 하는 극심한 두려움이 있어서다.

'우리 누구, 효녀네.'

깨지도 않고 울지도 않아주니 효녀가 아니고 뭐겠는가. 그러나 정말 시간이 없다. 이 천금 같은 기회를 놓치게 되면 나는 큰 죄를 짓게 되는 거다.

서둘러 집을 나가 거리에 서니 금세 택시가 내 앞으로 와서 섰다. 택시를 타고 원룸 앞에 내리자 기다리고 있던 유미가 아기를 받아줬다.

유미 눈치부터 봤다.

"미안해. 자고 있었지?"

유미가 고개를 가로저었다.

"아냐, 나 자려면 멀었다는 거 너도 알잖아."

"도현이는 자나 봐?"

"맞아, 벌써 곯아떨어졌지 뭐야."

유미가 사는 방은 1층 101호였다. 1층에 주차장이 있는 구조라

1층에는 유미네 방 하나 밖에 없었다. 그도 2층으로 올라가는 계단과 주차장 사이에 끼어있어 몹시 답답하게 보였다.

방 문이 열리자 유미가 먼저 들어서서 들어오라는 눈짓을 했다. 열린 문 사이로 어수선해 보이는 작은 방, 그리고 주방이 훤히 보였다. 앙증맞은 이부자리 위에서 자고 있는 도현이도 보였다.

그러나 당연히 있을 거라고 생각했던 유미 남편이 보이지 않았다.

'화장실을 쓰고 있나?'

유미네 집에 오는 내내 유미 남편이 신경 쓰였었다. 유미에게 들어 그가 어떤 사람이란 건 아는데, 우린 한 번도 만난 적이 없다.

'미안해서 어찌지, 이 한밤중에.'

마음을 다잡고 들어가 화장실을 보니 문이 삐죽 열려있고 불도 꺼져 있다. 무슨 일이지, 도대체 어디 간 거야? 내가 다시 주방이며 방안을 두리번거리자 유미가 씨익 웃었다.

"여기 없어, 도현 아빠."

나는 머릿속 회로망을 풀가동해 봤다. 나 때문에, 내가 온다고 해서 화가 나 나간 건가. 아니면 부부싸움을 해 아직 안 들어온 건가.

"왜, 무슨…?"

"아까 네 문자 온 거 보고 네 사정 얘기하면서 오늘은 본가에 가서 자고 학교도 거기서 바로 가라고 그랬거든."

그제야 마음이 좀 놓였다.

"화 안 냈어?"

유미가 도현이 옆으로 아기를 내려놓았다.

"에이, 뭐 그런 일로 화를 내. 서로서로 도와가며 살아야지. 그리고 우리 도현 아빠 그런 사람 아니다, 너."

아기는 오늘따라 잠을 잘 잔다. 신통방통하기 짝이 없다. 이 밤중에 앙앙 울어대면 유미도 나도 생땀을 한 바가지는 쏟아야 할 텐데, 아주 숙면을 취하는 모습이 음전해 보이기까지 한다.

강가에 민들레가 다복다복 피어 있었다.

'꽃다발을 만들어 볼까?'

민들레를 하나둘 따서 손에 모아들었다. 한 움큼 정도 되면 꽃다발이 될 수 있을 거다. 강가를 여기저기 돌아다니며 꽃을 꺾고 있을 때, 한 아이가 민들레 갓털을 후후 불고 있는 게 보였다.

텅 빈 강가에서 만난 아이. 반가운 마음에 성큼 다가갔다.

"안녕!"

아이는 그저 웃기만 했다. 그러고는 갓털을 다 불고 난 빈 줄기를 버리고, 다른 줄기를 뽑아 다시 후~ 신나게 불었다. 그러다가 갓털이 하늘로 날아오르면 손을 휘휘 내저어 흩트려버렸다.

아이에게 꽃다발을 내밀었다.

"얘, 이거 너 할래?"

그러나 아이는 내 말을 들은 체도, 아무런 대답도 없이 하던 일만 계속했다. 조금 화가 나려고 했다. 성의를 이렇게나 무시하다니….

아이 어깨를 톡톡 두드렸다.

"너, 내 말 안 들리니? 내가 이 꽃다발 준다고 했잖아. 그럼 좋다든지, 싫다든지 해야지, 안 그래?"

아이가 나를 홱 돌아봤다. 그러더니 원망이 가득 담긴 얼굴로 나를 빤히 보다가 돌아서서 어디론가 달려갔다.

"얘, 얘!"

"응애 응애ㅇ!"

꿈인 듯 생시인 듯 눈이 떠지지 않아 억지로 일어나 보니 아기가 울고 있다. 시계를 보니 새벽 1시 35분.

그러니 원망어린 눈으로 나를 보던 아이를 따라가던 게 꿈이었구나. 누구가 울어대는 소리에 곧장 잠에서 이끌려 나온 거였네. 왜 그런 꿈을 꿨을까. 그러고 보니 그 아이는 누구를 닮아 있었다.

그럼 누구가 하고 싶은 말이 꿈으로 나타난 건가?

'말도 안 되지, 그건. 누구는 신생아일 뿐이야.'

방에 불을 켜고 아기를 안았다. 유미와 도현이가 깨면 안 된다. 유미와 이런저런 얘기를 나누다가 분유를 먹여 재운 게 고작 20분 전이었다. 내 손길이 아직도 어설픈지, 아기는 내가 안거나 분유를 먹이려고 하면 몸을 비틀면서 자꾸 칭얼거렸다.

그래서 유미가 안고 유미가 분유를 먹여 재웠는데 불과 얼마 안 지나 깬 거다. 그러니까 배가 고파 그런 건 아닐 거다. 아마 잠자리가 바뀌었으니 불편해서 그러는 거 같다. 폭신한 이부자리 위에 눕혀뒀었는데, 얇은 싸개 위에 누워 있으니 편치 않겠지.

일어나 몸을 살랑살랑 흔들었다. 부디 이대로 잠이 들길. 잠든 지 10분도 안 된 유미가 계속 잘 수 있도록 다시 잠들어주길. 그런 바람을 담아 아기가 요람으로 생각하도록 몸의 리듬을 탔다.

그러나 아기는 잘 생각이 없다. 자기는커녕 점점 더 소리 높여 울었다. 병원과 집에서는 효녀처럼 잘 울지도 않고 잠만 자던 아기였는데, 얼굴이 새빨개지도록 고개를 이리저리 내흔들며 울기만 한다.

유미가 눈을 뜨고 발딱 일어나 아기를 받아들었다.

"우리 도현이 깨면 안 되는데…. 쟤 깨면 숙도 밥도 안 되거든. 쟤 한번 잠투정 시작했다하면 우리 중 누구도 잠하고는 '세이 굿바이'라고."

"미안해, 너까지 깨게 해서."

그런데 신기했다. 유미가 안고 몸을 가볍게 흔들자 아기 눈이 스르르 감겼으니까. 마치 유미가 마술이라도 부린 거 같았다.

"그리고 말하기가 좀 그렇긴 한데, 우리 도현이도 도현이지만 윗집에서 층간소음으로 항의라도 하면 앞으로 우린 여기서 살기 힘들다. 집주인이 그런 일에 엄청 민감하거든. 그래서 내가 사실 가슴이 조마조마해, 정말."

맞다, 나는 유미네 가족만 생각했는데 그 말이 맞네. 윗집 사람이 찾아와 소음 문제를 세기하면 참으로 난감한 일일 거다. 그걸 깜빡했다.

'단 하루일지라도, 여기도 내가 있을 곳은 못 되네. 날 밝으면 어서 여길 나가야겠다.'

"알았어, 내가 생각이 짧았어. 처음부터 여기로 오는 게 아니었는데…. 진짜진짜 미안해."

막상 말해놓고 나니 겸연쩍은지 유미가 얼굴을 살짝 붉혔다. 그러고는 얕은 기침을 몇 번 쿡쿡 하더니 부드럽게 말했다.

"내가 확실히 재워놓을 테니까, 넌 어서 자. 우리 같은 아기 엄마들은 잘 수 있을 때 자 놔야 되는 거라고, 이젠 너도 알겠지?"

우리 같은 아기 엄마…, 참 낯설다. 아직까지는 전혀 실감이 안 난다. 어떻게 내가 아기 엄마란 말인가, 맙소사! 하긴, 내가 엄마인 건 맞지. 싫어도, 거부해도 그건 엄연한 현실이다.

"응."

그러면서 휴대폰을 보니 연신 전화며 문자가 오고 있다. 무음으로 해 놓은 데다가 아기 때문에 정신이 없어 확인하지 않았었는데, 그동안 외삼촌과 외숙모한테서 수많은 연락이 왔었던 모양이었다.

나는 조심해서 액정화면을 열었다. 잘못하다가 오고 있는 전화 버튼을 눌러 통화 모드로 넘어가면 안 되니까 말이다. 방금 전에 온 문자를 열어봤다. 외숙모가 보낸 문자였다.

– 해린아, 제발 전화 좀 받아. 그거도 싫으면 있는 데만 말해. 만나서 얘기해야 될 거 아니니.

06 제발, 좀 먹어

날밤을 꼬박 새웠더니 눈동자가 따가워 눈에서 눈물이 자꾸 난다. 태어나서 처음 뜬 눈으로 아침을 맞았다. 벽에 기대고 앉아 티브이를 보고 있지만 정신이 멍하고, 내가 지금 뭘 보고 있는지도 모르겠다.

아침 7시 20분. 이 시간이면 작년까지만 해도, 내가 아침을 먹고 나서 등교 준비로 종종걸음을 치고 있을 때다. 그런데 겨우 몇 달 사이에 나는 아기 엄마가 돼 있고, 이런 낯선 곳에 죄인처럼 숨어들어 있다.

옆에 나란히 앉은 유미도 나랑 상태가 별반 다르지 않다. 나만 오지 않으면 아직도 단잠을 자고 있을 시간일 텐데, 너무 미안해 이젠 미안하다 말조차 못하겠다. 그리고 잠도 잠이지만, 아기가 유미만 찾아대니 밤새 안고 업고 하느라 지칠 대로 지쳐 있는 거 같다.

순하고 잠을 잘 자 외숙모가 '잠순이'라 부르던 아기가 어찌 그리 밤새 안 자고 보채던지…. 하룻밤인데도 이리 힘든데 앞으로 얼마나 많은 날들을 이렇게 지새워야 하나, 생각만으로도 숨이 턱 막힌다.

그나마 다행인 건 도현이가 아직까지 자고 있다는 거다. 도현이 마저 깨어나 좁아터진 방안을 북새통으로 만들며 뛰어다니면, 기껏 재워놓은 아기가 깰 수도 있으니 말이다.

유미가 끙, 소리를 내며 일어나 주방으로 갔다.

"에고, 너 뭐라도 먹어야 되잖아. 내가 하마터면 네가 산모라는 걸 까맣게 잊을 뻔 했다."

벌써부터 뱃속에서 신호를 보내오고 있었지만, 괜스레 계면쩍어 시답잖은 대꾸를 하고 만다.

"아냐, 아냐! 아직은 괜찮아."

"뭐래? 너 배에서 꼬르륵 소리 나는 걸 내가 어디 한두 번 들은 줄 알아. 근데 우리 뭘 좀 먹을까. 네 집하곤 달라서 우리집엔 진짜 먹을 게 없거든."

나도 일어나 주방으로 갔다.

"그냥 밥하고 국만 있으면 돼."

나는 가정집이라면 기본적으로 밥하고 국이 늘 준비돼 있는 줄 알았다. 엄마가 그랬으니까. 그리고 엄마가 그리 된 뒤에도, 외숙모는 우리집에 왔다하면 어떤 국이든 끓여놓고 갔으니까. 그러다가 국이 떨어지거나 질릴 때쯤 나는 간편조리세트를 익혀 먹곤 해왔다.

그러나 유미네는 그렇지 않은 거 같았다. 싱크대 수납장만 번갈아 열었다 닫았다 하고, 그러다가 냉장고를 열어 한참씩 들여다보며 고개를 갸웃거리는 유미를 보니 그런 느낌이 왔다.

내가 재빨리 말했다.

"라면이라도 돼. 우리 라면 먹자. 그건 있지?"

유미가 어정쩡한 웃음을 지으며 나를 돌아봤다.

"아니, 미역이 조금 있는 줄 알았더니 그게 없네. 에효, 어쩌지? 아무리 그래도 라면은 좀 그렇잖아. 산모가 아니면 몰라도."

"괜찮아, 정말이야. 산모든 뭐든, 배고픈데 무슨 상관이야?"

유미가 입술을 삐죽 내밀어보이며 수납장에서 라면을 꺼냈다.

"그래, 일단 배고픈 건 면하고 보자."

물이 보글보글 끓었다. 라면을 툭툭 던져 넣고 난 유미가 말했다.

"아무리 우리가 돌도 씹어 먹는다는 십 대지만 그래도 산후조리는 잘 해야 되는데…. 그거 잘 못하고 나면 평생 후회한다더라고."

그 말은 안 들은 거만 못 했다. 그러나 상황이 상황인 만큼 지금은 라면이라도 먹는 게 생판 굶는 거보다는 낫지 않겠는가. 그렇게 생각하고 나니 조금 마음이 편해졌다.

그러고 나자 저런 말을 하는 유미는 산후조리를 충분히 했나, 하는 궁금증이 일었다.

"넌 어땠어, 산후조리 제대로 한 거야?"

유미가 생긋 웃었다. 그 웃음에서 어떤 자부심이 느껴졌다.

"그래도 나는 시어머니, 시아버지가 좋으신 분들이라 그런대로 했다고 봐야지. 마음을 많이 써 주셨고 이 방도 얻어서 우리가 살게 해 주셨잖아."

"고마우신 분들이다. 보통은 그렇게 하기 힘들 텐데."

"그치, 그치?"

"응."

유미 눈이 조금 슬퍼졌다.

"우리 엄마 아빠 같은 사람도 있는데 내가 뭘 더 바래?"

유미한테 들은 게 떠올랐다. 유미 엄마 아빠는 유미가 임신 사실을 알리면서 아이는 낳아 키우겠다는 말을 듣고는, 그야말로 초주검으로 드러누워 버리더라고 했다. 그러고는 한 치의 양보도 없이 초지일관 아이를 지우라고 했단다.

그러다가 유미가 집을 나와 시부모 도움으로 아이를 낳고 원룸에 사는 지금까지 연락을 끊어버렸다고 한다.

어떤 경제적 지원도 없는 건 물론이고, 도현이의 존재에 대해서도 알고 싶어 하지 않는다고 했다. 유미가 제일 가슴 아픈 건, 자신한테 그러는 건 참을 수 있지만 도현이한테까지 그러는 거는 참기 힘들다고 말했었다.

엄마라면, 우리 엄마라면 어떨까. 유미 엄마 아빠처럼 난리를 치면서 아이를 없애라 끊임없이 강요하고, 끝까지 내가 말을 듣지 않으면 나를 궁지로 몰아 스스로 집을 나가게 만들까.

또 만약 시기를 놓쳐 아이를 낳아야만 하는 상황까지 간다면, 외삼촌과 외숙모처럼 입양을 보내려는 결정을 내릴까.

'아냐, 엄마가 살아있었다면 결코 나한테 이런 일은 있을 수가 없지!'

라면이 다 끓어 가스레인지 불을 끄는데 아기가 칭얼거리는 소리가 났다. 울지는 않는데 누군가를 찾고 있는 소리다.

나는 번개처럼 날아 분유를 태웠다. 그래서는 도현이가 깰세라 얼른 아기를 부둥켜안고 몸을 흔들며 분유를 먹였다. 하지만 몇 모금 빠는 듯 하다가는 밀어내고 앙앙 울기만 했다.

속이 탔다.

'제발, 좀 먹어! 빽빽 울지만 말고.'

유미는 그릇 두 개에 라면을 나눠담고 있었다. 별 말은 안 하고 있어도 우리 쪽에 온 신경을 곤두세우고 있는 게 다 보였다.

다시 젖병을 물려봤다. 그런데 웬일로 쪽쪽 맛있게 먹었다. 젖병에 든 분유가 쑥쑥 줄어들었다.

그러나 이참에 끝까지 다 먹을 줄 알았던 분유를 아기는 다 먹지 못하고 쏙 밀어내더니, 그동안 먹은 걸 전부 토해내고 말았다. 그 조그만 속에서 얼마나 울컥울컥 많이도 흘러나오는지 무서울 정도였다.

손수건으로 흐르는 걸 닦다가 그만 아기를 떨어뜨릴 뻔 했다.

"어머나~!"

"응애애, 응애애애~!"

비록 떨어뜨리지는 않았지만 아기가 놀라서 큰소리로 울어댔다. 유미가 달려왔다. 무슨 일이 난 줄 알았는지 유미 얼굴이 새파랗게 질려 있었다. 유미는 아기를 살펴봤다. 그러더니 안심한 얼굴로 아기를 달랬다.

"아이고, 아팠어요? 괜찮아요, 괜찮아."

그러면서 나를 돌아보며 말했다.

"씻겨야겠다. 삼켰다가 나온 거라 시큼한 냄새가 나잖아."

나는 난감했다. 아기 목욕을 직접 시켜 본 적이 없었으니까. 옆에서 보긴 했지만, 앞으로 내가 주가 되어 목욕을 시켜야 된다고는 생각조차 해 본 적이 없었다. 왜 그랬을까, 당연히 내가 해 나가야 하는 일이었는데도 말이다.

"나 못 해, 그 거. 해 본 적 없단 말이야. 무서워, 만지는 게 너무 무섭다고."

유미가 나를 한번 힐끔 돌아보더니 아기를 안고 화장실로 가면서 말했다.

"따라 와. 내가 하는 걸 보고 이제 너도 해야 돼. 네 일이잖아."

눈물이 핑 돌았다.

'내 일…. 그래, 유미도 저렇게 익숙해졌구나.'

유미는 한 아이를 키우고 있는 어미답게 능숙하게 아기 배냇저고리를 벗겨냈다. 그러면서 퉁바리를 놨다.

"그렇게 있지 말고 어서 미지근한 물부터 받아. 아기 감기 들면 안 되니까 빨리 씻기고 나서 얼른 옷을 입혀야 돼."

감탄이 절로 나왔다. 유미가 육아 선생님처럼 느껴졌다. 나는 옆에서 보조를 하면서 유미가 하는 걸 눈여겨봤다. 유미도 진짜 선생님처럼 차근차근 아기 목욕법을 말해 주었다.

유미를 보니 어쩌면 나도 할 수 있을 거 같았다. 크게 어려워 보이지 않았으니까. 그래서 용기를 냈다.

"내가 한 번 해 볼까?"

갑자기 무슨 자신감이었는지 모르겠다. 어깨 너머로 배우는 거보다는 그래도 직접 체험해 보는 게 좋겠다는 생각이었던 거 같다.

거기에다 아기가 한껏 시원한 표정을 짓고 사람을 올려다보는 바람에 더욱 해보고 싶은 마음이 생겼다.

유미 눈이 커다래졌다.

"오, 나이스! 그래, 네가 해 봐."

유미가 옆으로 옮겨 앉으며 아기를 내 손으로 넘겼다. 그런데 손이 바뀌자마자 아기 얼굴에 불편한 기색이 나타나더니, 얼굴을 잔뜩 찌푸렸다. 금방이라도 울음보를 터뜨릴 기세였다.

'네가 아니라 내가 울겠다. 너 정말 너무한 거 아냐?'

속상해서 아기보다 먼저 내 울음이 터질 것만 같다. 아기도, 이 아기도 내가 힘이 없고 아무 거도 해 줄 수 없는 어미라는 걸 아는 게지. 그러니까 내 손길만 닿으면 도리질을 하며 완강히 거부하는 거고.

결국 유미가 마무리를 해줬다. 그리고 나서 옷을 입히고 분유도 먹여 재우는 걸 나는 뻔히 보고만 있어야 했다. 목욕을 한데다가 분유까지 먹어 잠이 솔솔 오는지 아기는 이제 깊이 잠들었다.

유미가 제 이마를 탁 쳤다.

"맞다, 라면!"

나도 라면이 불어 터졌겠다는 생각이 번뜩 들었다.

"그러네, 정말!"

라면은 이미 퉁퉁 불어 양이 두 배나 늘어 있었다. 그래도 우린 아무 불평 없이 마주 앉아 라면을 먹었다.

점심으로 김치 볶음밥을 먹고 있다. 냉동실에 얼려뒀던 남은 밥들을 모아 전자레인지에 돌린 다음, 신 김치를 잘게 썰어 같이 볶은 건데 그냥저냥 먹을 만했다. 그렇지만 썩 잘 된 요리는 아닌 듯.

내가 알기로는 김치를 넣어 만든 요리는 맛이 없는 게 더 이상하다던데, 아무튼 유미도 손끝이 매운 쪽은 아닌가 보다. 물론 나야 요린이를 넘어 요리 문외한이고 말이다.

유미가 조금 전부터 아무 말이 없이 볶음밥을 씹는 동작만 반복하고 있다. 그렇지만 나는 안다. 유미가 지금 무슨 생각을 하고 있는지. 유미는 내가 이제 어쩔 생각인지 그게 무지 궁금할 거다. 아주 궁금하다 못해 속이 타고 있을지도 모르겠다.

어서 나를 내보내고 싶지만, 내 스스로 가겠다고 하기 전에는 나더러 나가라고 하는 게 힘들 테니까. 그리고 내가 당장 갈 데가 없다는 걸 유미도 잘 안다. 그러니 더욱 심란할 테지.

'아기를 맡겨놓고 유미네 원룸 부근에 방을 얻으러 나가봐야겠다.'

밥을 다 먹고 나서 그릇들을 챙겨들고 설거지를 하러 갔다. 먼저 먹고 난 유미는 도현이 점심먹일 준비를 하고 있었다. 돌아보니 아기 식판에 두부구이, 어묵볶음을 얹어 아까 전자레인지에 돌려놓은 밥을 조금 담아 도현이한테로 가져갔다.

도현이는 밥을 잘 먹었다. 두부도 어묵도 덥석덥석 받아먹는 게 아주 보기 좋았다.

'우리 누구는 언제 저렇게 키우지?'

설거지가 다 끝나 가는데 아기가 울었다. 수도꼭지를 잠그고 곧바로 달려갔다. 그러고는 내가 할 수 있는 건 다 해 봤는데, 아기는 울음을 멈추지 않았다. 그러자 유미가 숟가락을 내려놓고 왔다.

"내가 해 볼게. 넌 우리 도현이 밥 먹여."

아기를 유미에게 주고 도현이 앞으로 가 숟가락을 들었다. 도현이는 제 엄마가 먹이든 내가 먹이든 전혀 상관 않고 주는 대로 먹었다. 장난감 차만 한두 개 손에 들면 자기만의 세계로 빠져들어 신이 나는 아이다.

"응애애, 응애애애~!"

유미가 보면 금세 아기가 조용해질 거 같았는데 그게 아니었다. 아기는 무엇 때문인지 이제는 유미가 봐도 얼굴을 내저으며 싫다는 표시를 했다. 안아도 업어도 흔들어도 톡톡 엉덩이를 두드려줘도 막무가내로 울었다.

유미가 땅이 꺼져라 한숨을 쉬었다. 그러더니 입술을 질겅거리며 말했다.

"이 방 얻어 올 때 집주인한테 질대 아기 울음소리 안 들리게 하겠다고 약속하고 들어 왔어. 근데 이렇게 신생아가 시도 때도 없이 울어대니 진짜 걱정이다. 다행히도 집주인이 여기 안 살아 망정이지, 안 그랬으면 벌써 찾아왔을 거야."

"미안해, 안 그래도 점심 먹고는 방을 얻어 보려던 참이었어."

성급했던 게 부끄러운지 유미가 말을 더듬거렸다.

"그, 그리고 이따 너덧 시 되면 우리 도현 아빠 학교 갔다 오는 시간이거든. 근데 오늘까지 또 본가에 가 있다가 학교 가라고 할 순 없어서 말이야, 내가 더 미안하다."

"아냐, 벌써부터 생각했던 거야."

말은 그렇게 했지만 막막했다. 어디 가서 방을 얻는단 말인가. 나 같은 미성년자가 말이다. 방을 보겠다고 찾아가는 거도 자신 없지만, 나이 어린 나한테 방을 보여줄 지도 의문이었다.

안 그러면 내가 갈 수 있는 데는 몇 안 된다. 찜질방이나 모텔 정도. 아기까지 딸렸고 큰돈이 없으니 다른 덴 엄두도 못 내겠다.

"너 돈 있어? 방 얻겠다면 돈이 있어야 보증금도 내고 월세도 내지."

내가 손지갑을 열어 체크카드와 현금 1만 3천원을 꺼내놓자 유미가 바싹 다가앉았다.

"우리 원룸 골목 안쪽에 오래된 원룸 반지하방이 났던데, 돈도 싸고 한두 달 입주도 가능하다더라. 근데 문제는 우린 미성년이라 계약이 안 돼."

07 유미야, 나 무서워

"거의 다 왔대."

한동안 문자를 주고받던 유미가 휴대폰을 끄고 싱긋 웃으며 말했다.

시누이에게 내가 살 방 계약을 대신 해달라고 부탁했는데 그녀가 선뜻 그러마, 하며 오고 있다고 했다.

나는 믿어지지 않았다. 그런 일을 쉽게 승낙하는 거도 그렇고, 유미 말만 듣고 당장에 해 주겠다며 유미네로 오고 있다는 거 또한 어디 쉬운 일인가. 유미가 대단한 사람처럼 느껴졌다.

유미보다 4살이 많아 그냥 언니, 언니 부르며 친자매처럼 지낸다는 말을 들었었다. 그래도 이 정도로 친할 줄은 몰랐다. 유미가 다시 보이고 그런 엄청난 지지를 받으며 살고 있다는 사실이 부러웠다.

"정말?"

내 얼굴이 모처럼 밝아지자 유미가 한쪽 눈을 찡긋했다.

"응, 그리고 말이야. 언니가 오는 길에 내가 말한 그 원룸을 한 번 둘러보고 오겠다고 했어. 네가 아기 데리고 가 보는 게 불편할 테니까, 살만한 방인지 자기가 보고 와서 말해주겠대."

나는 어안이 벙벙했다.

"진짜? 이렇게 여기까지 와 주고 계약 해 주는 거만해도 너무 고마운데 일부러 들렀다가 와 주겠다니…. 와아, 말도 안 돼."

유미가 어깨를 으쓱했다.

"우리 시누이 참 싹싹하지?"

"맞아, 그런 사람 첨 봤어."

"그럴 거야. 근데 우리 도현 아빠도 그렇다. 남매가 아주 붕어빵 틀에다가 찍어 낸 거처럼 똑같이 생겼는데 싹싹한 거도 똑 닮았어."

"좋겠다, 도현 엄마는. 상냥한 사람이 둘씩이나 껌딱지처럼 곁에 딱 붙어 있어서. 그런데, 유미야. 네 시누이 일 한다, 그랬잖아. 엄청 바쁘다 그랬고. 나야 고맙지만, 내 일 봐주려면 몇 시간은 몸을 빼야 될 텐데, 괜찮을까?"

유미 얼굴이 머쓱해졌다.

"아, 괜찮아. 요즘은…, 그렇게 안 바쁜 가봐."

그러고는 시누이에 대해서 말해줬다. 유미 시누이는 고등학교를 졸업하자마자 생업전선에 뛰어들었고, 시내 큰 옷 상점 점원으로 일한다고 했다. 취업 이후 늘 정신없이 바쁘게 일을 해왔는데, 요즘 들어 장사가 잘 안 돼 일주일의 반은 쉰다고 했단다. 그리고 마침 노는 날이어서 흔쾌히 와 주겠다고 했던 거라고 했다.

아기는 지금 자고 있다. 업고 있으니 눕혀 놓는 거 보다 잘 자는 거 같아 분유만 먹이고 나면 곧바로 업어 재우고 있다. 그래도 오늘 낮부터는 내가 안 거나 업어도 그렇게 싫어하는 내색이 없어 그나마 다행이라면 다행이다.

2시가 가까워지고 있을 때 누가 방문을 가볍게 두드렸다. 유미가 번개처럼 일어나 문을 열자 20대 초반으로 보이는 귀여운 아가씨가 들어섰다. 그녀는 나를 보고 생긋 웃으며 손을 살짝 들어 보였다.

"안녕!"

나도 모르게 얼굴이 붉어졌다. 열여덟밖에 안 된 내가 잠든 아기를 등에 업고 있는 모습이 그녀에게 어떻게 비칠까, 하는 생각이 들자 절로 부끄러운 생각이 들었다.

"예, 안녕하세요."

그녀는 하얀 얼굴에 볼이 통통한데, 웃으니까 콧잔등에 주름이 두 줄 잡혔다. 문득 만난 적이 없는 유미 남편 얼굴이 상상 속에서 그려졌다. 대충 어떻게 생겼는지 알 것 같아 씨익 웃음이 나왔다.

그녀가 내 곁으로 다가와 아기를 들여다봤다.

"어머나, 이쁘다. 우리 도현 엄마 친구 많이 닮았네."

겨우 가라앉고 있던 얼굴이 금세 다시 붉어졌다.

"감사합니다."

그녀 목소리가 한 옥타브 올라갔다.

"여자 애는 우리 도현이 하곤 많이 다르다. 이 손가락 좀 봐. 인형 같아. 근데 아기 이름이 뭐야?"

뺨이 타는 듯이 따가웠다. 하다못해 선글라스라도 착용하고 있었다면 내 맘이 이거보다는 덜 거리낄까.

"아직…."

그녀가 쿨하게 사과했다.

"어머, 그렇구나. 미안해."

"아녜요."

그때 도현이가 달려와 그녀 다리에 매달렸다. 노느라 고모 온 거도 모르고 있다가, 그제야 알았는지 얼굴에 함박웃음을 짓고 까르르 웃었다.

"아이고, 우리 도현이구나. 잘 있었어?"

그녀가 도현이를 들어 올려 안더니, 회전목마처럼 몇 바퀴 빙빙 돌려주고는 내려놓았다. 그러고는 손가방에서 젤리와 초콜릿을 꺼내 손에 들려주었다. 도현이는 좋아서 폴짝폴짝 뛰며 놀던 자리로 돌아갔다.

유미가 도현이를 따라가며 소리쳤다.

"한꺼번에 다 먹으면 안 돼. 젤리만 먹고 초콜릿은 이따가 나중에 먹자."

도현이가 후다닥 주방으로 도망갔다. 그러자 유미가 따라가 초콜릿을 빼앗았다. 그 광경을 보고 깔깔거리며 웃고 있던 그녀가 나를 보고 돌아섰다. 그러더니 내 앞으로 와서 섰다.

그녀가 다정하게 눈웃음을 지었다.

"나, 갑자기 친구랑 약속 잡혔어. 그래서 내가 시간 여유가 없게 됐거든. 그러니 빨리 네 계약 끝내야 돼."

그러면서 벽시계와 휴대폰 시계를 번갈아 봤다.

'오자마자, 잠시 앉지도 않고?'

나는 그녀가 우리와 잠깐이라도 둘러앉아 미리 돌아보고 오겠다던 그 방에 대해 말해줄 줄 알았다. 그래야 나도 판단이 설 테니까. 그리고 그녀가 그렇게 보고 오겠다는 말을 안했더라면, 나라도 벌써 어떡히든 거기에 가봤을 거다.

안 그런가. 아무리 얼마 안 살 방이라도 신생아가 살 데인데 소홀히 결정할 수는 없는 일이다.

당황한 내가 홱 돌아보자 유미가 초콜릿을 선반 위에 얹고는 돌아왔다.

"잠깐만 앉아 봐요, 언니. 우유라도 한 잔 하면서 거기 가 본 얘기부터 듣고 가면 안 돼요? 그렇게나 시간이 안 되나 봐요."

그녀 눈썹이 미세하게 치켜 올라갔다.

"그야, 말해 주면 되지. 꼭 앉아야 하나, 뭐. 내가 진짜 시간이 없어 그러는 거니까, 선 채로 그냥 들어. 길게 말할 거도 없어."

그녀가 가봤더니 반지하방이라는 거 말고는 별로 흠잡을 데가 없더라고 했다. 길게 있을 게 아니라면 한동안 아기랑 둘이서 지내기에는 괜찮겠더란다. 무보증은 월 삼십만 원, 백만 원 보증금을 내면 월 이십오만 원이라고 했단다.

얘기를 간단히 끝낸 그녀가 불쑥 손바닥을 내밀었다.

"카드라며? 할 거면 빨리 주라."

솔직히 내키지 않았다. 이런 유형의 사람은 진실로 처음이니까. 말 하는 거나 하는 품새로 봐서는 영 신뢰가 가지 않았다. 하지만 내가 선택할 카드로는 그녀가 유일하다는 게 나를 조급하게 만들었다.

다시 유미를 돌아봤다. 유미가 그러라고 하면 어쩌겠는가. 유미도 살짝 미심쩍은 듯한 얼굴이었지만 고개를 까닥거렸다. 카드를 꺼내 그녀 손바닥에 놓았다.

그녀가 카드를 움켜쥐고 물었다.

"여기 얼마나 있어?"

"삼백만 원 정도."

치열이 고른 그녀가 잇몸이 환히 드러나도록 웃으며 카드를 손가방에 넣었다.

"어떻게 해 줄까?"

"무보증으로 두 달 계약해 주세요."

그녀가 손가락 오케이를 만들며 말했다.

"좋아, 계약하자마자 냉큼 올게. 아이고, 바쁘다 바빠!"

그녀가 유미에게 손을 흔들어보이고는 문을 열고 나갔다. 도현이가 집을 나가는 고모를 보고 울음을 터뜨리며 따라 나갔지만, 그녀는 그대로 가버렸다. 유미가 도현이를 달래려고 초콜릿을 꺼내들었다.

유미가 벌써 몇 번을 밖에 나갔다 들어오는지 모르겠다. 도현이까지 데리고 말이다. 안절부절못하고 드나드는 게 심상찮게 느껴지지만, 나는 애써 모른 체 하고 있다. 나까지 왜 그러냐, 뭐가 잘못 됐다더냐, 하고 따져 물으면 유미가 더 힘들 거 같았으니까.

유미 시누이가 다녀간 지가 벌써 세 시간이 지났는데, 그녀는 전화도 없고 문자조차 없다. 엎어시번 코 닿을 곳에 계약하러 간 거라, 무슨 일이 나지 않고서는 아직 안 돌아올 수가 없다.

그런데도 유미는 내가 자기 시누이를 나쁜 사람 취급할까 봐 그걸 더 걱정하고 있다.

"우리 시누이 절대 그런 사람 아니다. 봐, 전화기를 꺼놓지 않은 걸 보면 필시 무슨 급한 일이 생긴 거라고. 근데 그럼 연락이라도 주지. 뭐야? 사람을 정말로 이상한 사람 만들고 있어, 휴우~.”

온갖 안 좋은 상상으로 애를 끓이고 있는 내 머릿속에 퍼뜩 유미 남편이 떠올랐다. 5시가 넘었으니 지금이면 그가 학교에서 돌아오고도 남을 시간이다. 그는 어떻게 된 거지? 유미는 그에 대해 아직 어떤 말도 안 하고 있다.

“유미야, 도현 아빠는 왜 아직 안 와? 혹시 내가 여기서 못 오고 있는 거 아냐.”

유미 얼굴에 난감한 빛이 어렸다.

“아니, 그런 건 아니고. 시누이가 걱정 돼 도현 아빠한테 연락해 놨거든. 안 그래야지, 하는데도 자꾸 방정맞은 생각이 들어 미치겠는 거 있지. 그래서 문자 보내놨더니 본가로 갔나 봐. 거기서 지인들한테 알아보고 있는 거 같아. 미안하다, 야.”

나는 손사래를 쳤다.

“아냐, 나 때문에 생긴 일이니까 내가 미안하지. 네가 왜. 하여간 우리 조금 더 기다려 보자. 네 말대로 일 보던 중에 급한 일이 생긴 거겠지.”

속은 쓰리고 아파도 어쩌겠는가. 결자해지라고 일차적 죄인은 나니까 내가 사과하는 수밖에.

그러나 유미는 딴 생각을 하고 있는 듯했다. 이미 내 말을 듣고 있는 거 같지 않았으니까. 생각을 정리한 사람처럼 비장한 얼굴로 일어나며 도현이를 안고 신을 신더니, 또 밖으로 나가려고 했다.

사람의 감각이란 건 참 놀랍다. 불현듯 어떤 느낌 같은 게 와서 확 꽂힌다. 유미 표정에서 이번에 나가면 안 돌아올 거 같은 필이 왔던 거다. 이런 걸 육감이라고 말하는 걸까.

나도 유미를 따라 문 앞으로 갔다.

"유미야, 나 무서워. 여긴 우리집도 아니고…. 혼자 있는 거 진짜 싫어. 우리 여기서 같이 기다려 보자, 응?"

유미가 내 시선을 피해 딴 데를 보며 말했다.

"금방 올게. 진짜 금방 와, 알았지?"

그러고는 나가버렸다. 문이 닫히고 나자 설움이 울컥 밀려들었다. 여기서도 또 홀로 남겨졌다. 유미는 아니라고 하는데, 내 생각에는 그렇게 된 거 같다. 그런 촉이 왔으니까.

혼자는 싫은데…, 사람들은 자꾸만 나를 혼자 남겨두고 떠나버린다. 한참을 그렇게 울었다. 그렇게라도 좀 울고 나니 속이 후련하다. 눈물도 힘이 된다더니 그 말을 실감하겠다.

그제야 마음이 어느 정도 진정이 됐다.

'차분하게 기다려 보자.'

그러고도 두 시간이 더 지났다. 하지만 아무도 나타나지 않는다. 연락조차 없다. 혹시라도 유미가 남긴 문자가 있으려나, 하고 중간중간 휴대폰 전원을 켜고 들어가 봤지만 일절 없다. 외삼촌 네가 보낸 문자와 카톡과 전화 기록만이 가득할 뿐이다.

점심 먹고 나서 부터 줄곧 아기를 업고 있었더니 허리가 끊어질 듯 아프다. 희한하게도 먹이고 나서 업으면 자고, 또 먹이고 나서 업으면 자는 게 신기해 계속 업고 있었는데 이제는 한계에 온 거 같다.

목과 허리와 어깨에 담이 들어, 고개를 돌리거나 아기를 내리고 업을 때마다 신음소리가 저절로 나온다. 그렇지만 아무리 아파도 내려놓을 수가 없다. 등에서 떨어지면 애앵, 하고 울음을 터뜨리니까.

'이젠 내가 엄마라는 걸 알고 그러는 건가?'

그럴 리가 없지. 불편하면 울고 편하면 울음을 그치는 신생아. 그런 누구가 어떻게 그런 걸 알까.

그러고 보면 나도 스스로 인정하거나 말거나 이미 엄마라서 이런 생각들을 하는 건지도 모른다. 엄마들은 아기가 하는 아주 작은 행동 하나, 옹알이 하나에도 특별한 의미를 부여하는 사람들이다.

"꼬르륵, 꼬르르륵~!"

아까부터 이런 소리가 났다. 정신은 애써 참으려고 하지만 위장은 참지 않는다. 적나라하게 공복임을 잊지 말라는 신호를 끊임없이 보내온다. 옆에서 누가 듣든 상관 않는다. 그래서 이런 상태까지 가게 되면 개개인의 체면 따윈 일찌감치 포기하는 게 낫다.

주방으로 가 봤다. 유미가 라면을 꺼내던 수납장을 열어 보니 라면 딱 한 개가 남아있다. 아기를 업은 채로 라면을 끓여 주방에서 선 채로 먹었다. 너무 배가 고파 몇 번 젓가락질을 안 했는데도 라면이 거짓말처럼 증발하고 없다.

냄비를 씻으며 생각해보니, 일 년도 채 안 된 사이에 참으로 내게 많은 일이 일어났다.

'지금 내 모습을 봐. 내가 어디서 뭘 하고 있는지!'

우울한 생각의 늪으로 막 빠져들려는 순간, 아기가 깨어나 고개를 내저으며 울었다. 겨우겨우 아기를 내려놓고 분유를 타 입에 물렸다. 그러나 아기가 분유를 밀어내며 앙앙, 울기만 한다.

기저귀를 봤다. 아주 질펀하게 똥을 싸놓았다. 뒤처리를 해놓고 나서 물티슈로 닦아주고 기저귀를 채우려니 뭔가 찝찝했다.

'해린아, 해 보자. 넌 할 수 있어.'

아기 목욕에 도전해 보기로 했다. 큰 용기를 내야했다. 아기를 안고 가 물을 받고 목욕동에 넣어 목욕을 시켜봤나. 해보니 할만했다. 그런데 아기 코 주위와 볼이 눈에 띄게 노르스름하다.

08 어쩐지 내키지 않았어

밤이 깊어졌는데도 유미가 나타나지 않는다. 도현이를 데리고 나갈 때 그런 감이 오더니, 역시 내 생각이 맞았다. 이런 건 안 맞아도 되는데 이상하게도 불길한 예감은 틀리는 법이 없다.

'어쩐지 내키지 않았어.'

유미 시누이의 말, 행동, 일거수일투족에 믿음이 가지 않았었다. 설명하긴 어렵지만 내 가치관에 따르면 그랬다. 그렇지만 유미가 워낙 그녀에 대해 좋게 말을 하는데다가 나도 딱히 따로 부탁할 데가 없으니까 한번 믿어 본건데, 그러는 게 아니었던 모양이다.

'체크카드에 문제가 생긴 게 분명해.'

그런 게 아니라면 유미가 벌써 왔겠지. 지금까지 나를 이렇게 이런 곳에 방치할 리가 없다.

삼백만 원이 누군가에게는 껌 값일 거다. 그러나 나 같은 애에겐 큰돈이다. 유미도, 유미 시누이도 그럴 거고. 그러니까 도저히 믿기지 않는 이런 불쾌한 일이 일어나는 거고 말이다.

'그 돈이 내겐 전부인데….'

비로소 내가 빈손이라는 실감이 들었다. 그래도 설마, 설마 하면서 그런 나쁜 생각은 하지 말자고 다짐하며 기다렸었는데, 여기까지 오고 보니 이젠 희망이라곤 사라져버렸다는 걸 알겠다.

'이제 나랑 누구는 어쩌지?'

불행 중 다행인 건, 카드에 문제가 생겼으니 유미가 나를 당장에 여기서 나가라고 하진 않을 거라는 거다. 어떡하든 차선책이라도 마련해주고 나를 내쳐도 내칠 테지. 그거만 해도 급한 불은 끈 거라 치부하자. 그래야 내가 살지.

아기를 업고 방을 몇 시간째 서성이고 있다. 아직 콩 만한 애가 내가 어디에라도 엉덩이를 붙이고 앉기만 하면 귀신 같이 알아채고는 눈을 번쩍 뜨고 울어댄다. 그러니 어쩔 수 없이 이러고 있는 거다. 깨어나서 울고불고 난리를 치는 거 보다는 이게 낫다.

그런데 제일 힘든 게 배고픈 거다. 아기 보는 게 힘들다 해도 배고픈 거엔 못 당한다. 떼쓰는 건 어떡하든 달랠 수 있으니까. 그러나 배고픈 건 먹는 방법 외엔 없는데, 만약 먹을 게 없다면 그건 어찌해 볼 도리가 없는 거니까.

'뭘 좀 먹어야 하는데 먹을 게 있을까?'

배가 고프다 못해 이젠 속이 막 쓰려왔다. 어제 저녁에 외숙모가 차려준 미역국에 밥을 말아 먹고 나서 지금까지 먹은 건 라면 두 개와 김치볶음밥 한 공기뿐이다. 김치볶음밥도 2인분이 안 되는 걸 유미와 둘이서 나눠 먹었었다.

'더는 못 참겠어. 일단 뭐라도 좀 먹자.'

유미도 없는데 유미 살림을 속속들이 들여다보려니 꺼림칙해 이제껏 참고 있었는데, 이대로 있다가는 쓰러질 거 같아 주방으로 가봤다. 냉장고 문을 열었다. 한데, 문을 여는 순간 깜짝 놀라 말이 안 나왔다.

냉장고가 텅 비어있다. 크지도 않은 냉장고 안에 커다란 김치통 하나 외에는 도현이 밥 먹일 때 내놓았던 두부구이 몇 조각, 어묵볶음 조금 든 반찬통 말고는 없다. 음료도 도현이 먹이던 우유 1리터 들이 하나와 물 말고는 없다.

냉장고 두 대가 꼭꼭 빈틈없이 채워져 있는 우리집을 생각하니 진짜 어이가 없었다. 그런데도 외숙모는 끊임없이 새로운 걸 사왔고, 오래된 건 유통기한 지나기 전에 먹어치워야 된다며 갈 때마다 다시 챙겨 가곤 했었다.

그때서야 유미가 입버릇처럼 하던 말이 떠올랐다.

「장을 봐야하는데….」

그때만 해도 그게 무슨 뜻인지 몰랐다. 그래서 나는 유미가 그럴 때마다 단골 레퍼토리처럼 별 생각 없이 이렇게 대꾸했었다.

「갔다 와. 도현이는 내가 봐 줄게.」

그러면 유미가 금세 시무룩해지며 말했다.

「아니, 시댁에서 생활비를 준 지 얼마 안 됐는데 벌써 다 썼거든, 휴우~. 사람 셋이 사는데 살 게 좀 많아야지.」

유미는 나랑 체형이 비슷해 내 옷을 많이 가져가 입었다. 나는 필요하면 언제라도 사면되니까, 유미가 마음에 들어 하는 거처럼 보이면 줘버렸다. 액세서리든 신발이든 뭐든 주면 고맙다며 가져갔다.

한 번은 유미 생일에 옷을 선물해줬더니 눈물을 글썽이며 기뻐하는 바람에 어리둥절했던 적이 있다. 그때 내가 느낀 건 유미가 옷이라든지 액세서리, 신발에 많이 허기져 있다는 거였다.

그래서 그런지 유미는 자기가 할 거도 아니면서, 지나다니다가 받거나 어딘가에 붙어있는 아르바이트 광고물들을 모두 알뜰히 챙겨왔고, 그걸 무슨 공부라도 하듯 자세히 읽어보곤 했었다.

나는 그게 답답했다.

「그런 건 뭐 하러 봐? 어차피 하지도 못 할 걸.」

「우리 도현이 조금만 더 크면 이런 알바 할 거야. 그러니까 봐놔야 돼. 이런 게 다 정보가 된다고.」

그러면서 꿋꿋이 봤었다.

수납장을 열어봤다. 냉장고에 먹을 게 없다면 수납장에라도 과자, 국수, 아니면 당면이라도 있을 거다. 뭐라도 먹어 허기를 채워야 한다.

그러나 있는 수납장을 죄다 열어봐도 그마저 속이 텅 비어 있었다. 그러니까 저녁으로 내가 먹었던 라면 하나가 이 집에 남은 식량의 전부였던 거다. 허망했다. 마음 같으면 도현이 우유라도 한 잔 마시고, 반찬이라도 조금 먹고 싶지만 그럴 수는 없다.

눈을 질끈 감고 분유를 한 스푼 떠먹었다. 입안에 당분이 들어오자 뱃속에서 더 아우성을 치는 거 같았다. 침으로 살살 녹여 목구멍으로 꿀떡 넘겼다. 그러고는 이어서 한 스푼을 더 떠 먹었다. 그래야 눈곱만큼이라도 허기가 달래질 테니까. 그런데 정말 그러고 나자 거짓말처럼 다소 속이 다스려졌다.

분유통 뚜껑을 닫으려는데, 분유가 대여섯 번 정도 먹고 나면 바닥을 드러낼 거 같아 보인다. 맞다, 기저귀도 얼마 안 남았다. 먹던 분유통에, 뜯어 쓰던 기저귀만 넣어왔으니.

'내일 오전이면 분유도 기저귀도 다 떨어지고 말겠네.'

기분이 몹시 우울해 창밖이라도 내다보려고 주방으로 갔다. 내가 열어놓고는 닫지 않은 수납장들이 보였다. 문을 닫으려고 다가갔더니, 하나 같이 적나라하게 속을 드러내고 있는 수납장의 속살이 보였다.

용도별, 크기별로 분류하지 않고 아무렇게나 되는대로 넣어놓은 물건들과 마구잡이로 꺼내 쓰다 보니 너저분하게 널려있는 소품들.

세탁기 옆으로 빨랫감들이 나뒹굴고 분리되지 않은 박스며 페트병, 깡통, 유리병, 음식물 쓰레기가 마구 뒤섞여 대형 오물 창고를 보고 있는 듯했다.

'오 · 마이 · 갓!'

그러고 보니 그릇들에도 크고 작은 이가 나간 흠집이 있고, 냄비 두 개도 찌그러져 있고, 커피포트 손잡이도 날아가고 없다.

한숨이 비어져 나왔다.

"어휴~!"

방으로 돌아왔다. 그러고는 방 한가운데에 서서 천천히 방을 휘익 둘러봤다. 그랬더니 상처 입은 가구들이 속속 눈에 들어왔다. 참으로 신기한 건, 어젯밤부터 내내 여기 있었는데도 내 눈에 뜨이지 않았던 것들이라 놀랍기만 하다.

책상 귀퉁이가 찌그러져 있고, 책꽂이도 무언가에 한 방 맞은 거 같고, 원목 스탠드형 옷걸이도 날개가 하나 날아가고, 스탠드 행거노 기우뚱했다. 마음이 심란해져 돌아서는데 책상과 옷걸이 사이에 다리가 부러져버린 의자가 하나 숨겨져 있었다.

'저거네, 원흉은 저거야. 저걸로 저 가구들을….'

말할 수 없는 슬픔이 북받쳐 올랐다. 나는 유미네가 여유로운 삶을 사는 부부는 아니더라도, 그런대로 잘 맞는 커플이라 믿었다. 뒤통수라도 한 방 맞은 기분이었다.

그러니까 유미네는 소위 말하는 사흘이 멀다 하고 지지고 볶으며 사는 부부였던 거다. 누가 그랬든 자잘한 주방용품들을 서로에게 내던지고, 의자를 내리쳐 가구들을 흠집 내면서 악다구니를 쓰는 흔한 부부 말이다.

'도현 아빠가 세상없는 스윗가이인 거처럼 그러더니….'

유미는 도현 아빠가 아직 학생이라 돈을 못 버는 거 빼고는 정말 괜찮은 사람이라고 누누이 말해왔다. 학교 갔다 오면 도현이도 도맡아 봐주고, 평일에 설거지는 물론 주말이면 집안일도 척척 하는 착한 남자라고 했다.

그랬었는데 알고 보니 둘은 단란하게 사는 게 아니었나 보다. 다만 그렇게 보이려고 안간힘을 쓰고 있었던 거였다.

'서로 그렇게 좋아해서 그런 설움과 멸시를 견뎌내고 이룬 사랑의 보금자리가 이런 거였어?'

커다란 충격으로 몸이 휘청거릴 지경이었다. 나는 좋아하는 사람끼리 한 집에서 살면 무조건 행복한 삶이 있을 거라고 단정 지었던 내 생각에 누군가가 찬물을 홱 끼얹은 거 같은 기분이 들었다.

그렇다면, 그런 거라면 왜 사람들은 사랑하고 결혼하고 함께 사는 삶을 꿈꾼단 말인가.

그래서 외삼촌네가 결혼하지 않고 저렇게 사는 건가? 화려하게 결혼식을 올리며 단둘이 사는 둥지를 꾸린 사람들이 다들 행복하지만은 않고, 더러는 이별하고 더러는 따로 사는 삶을 선택하는 걸 보고 들은 때문인가.

그런 삶을 사는 이들을 보면서 지금처럼 사는 거도 나쁘지 않다는 생각에, 이십 년 가까이 연인으로 지내면서도 결혼을 미루고 사는 지도 모르겠다. 그래, 이런 결혼이라면 나도 절대 하지 않겠다는 마음이 드니까, 이제야 이해가 되네.

혹시나 하는 생각에 휴대폰 전원을 켰다. 외삼촌네 연락 사이에 유미의 문자 한 통이 도착해 있다. 반가운 마음에 재빨리 열어 봤다.

– 미안해, 해린아. 우리 시누이가 말이야. 연락을 끊고 사라져 버렸어. 알고 보니 급전을 썼다는데 네 카드를 보니 그거부터 막아야겠다는 생각이 들었나 봐. 빠른 시간 내에 찾아서 돌아갈게.

꺼이꺼이 서럽게 울었다. 엄마가 돌아간 날, 그리도 사무치게 울었었는데 그날 이후 처음 그렇게 울었다.

아니네, 두 번째네. 내가 그 일을 당한 날, 하늘이 무너지고 땅이 꺼지는 일이 생긴 그 날도 이렇게 넋 놓고 울었었다. 엄마, 엄마, 엄마만 자꾸 되뇌면서 울고 울고 또 울었었다.

'하늘은 왜 나한테만 이리 냉정한 걸까.'

너무 억울하고 분하다. 이제까지는 나한테 일어나는 일이니까, 그저 나에게 주어진 운명처럼 받아들였었다.

그러나 곰곰이 생각해 보니 그게 왜 내 운명인가 싶다. 안 그런가? 아무리 생각해 봐도 나는 잘못 한 게 없는데 말이다.

'나더러 어쩌라고. 어떻게 살라고…!'

그 돈이 있어야 얼마동안이라도 숨어 지낼 수 있다. 물론 언제까지나 내가 숨어살 수 없다는 걸 안다. 그렇지만 일단 소나기는 피하고 봐야하지 않겠는가. 그럴 때는 남의 처마 밑이라도 찾아 들어 장대비가 그칠 때까지 기다리는 게 수다.

외삼촌 마음이 가라앉고, 그가 내 의사대로 나를 시시해 줄 의향이 있을 때 나는 누구를 데리고 그를 만날 생각이다. 그러려면 그 돈으로 방을 얻고 당분간 먹고 살아야 하는 거였다. 그런데 그걸 가지고 사라지면 나는 어쩌란 말인가.

소리죽여 목 놓아 울었다. 그러는 통에 아기가 깨어나 울기 시작했다. 눈물을 훔치며 서둘러 분유부터 태웠다. 그러고는 아기를 바닥으로 내렸다. 이제는 혼자서도 아기를 업고 내리는 게 나름 능숙해졌다.

젖병을 흔들어 가루가 잘 섞이도록 하면서 아기를 어르고 달랬다.

"자, 잠깐만. 그래, 그래, 이제 먹자."

아기 얼굴과 목에 열꽃이 잔뜩 피어나 있었다. 하도 오랜 시간 업고 있어서 열기가 뻗쳐 그런가 싶어 배냇저고리를 헤쳐 봤다. 그랬더니 온몸에 골고루 열꽃이 피어 아기 몸이 꽃처럼 붉었다.

게다가 그 사이에 아기 얼굴에 노란색이 더욱 짙어졌다. 자세히 들여다봤더니 열꽃 사이로 팔다리와 배 부위까지 노란색이 두드러져 있다.

눈앞이 캄캄했다.

'이게 말로만 듣던 그 황달이 분명해.'

숨이 막혀오고 젖병을 들고 있는 손가락이 달달 떨렸다.

'어떡해, 어떡해. 우리 누구 병원에 데려 가야 하는데, 돈도 없고 출생신고도 안 돼 있고….'

"어흐윽, 어흑~!"

내 울음소리에 놀랐는지 아기가 고개를 내저으며 울었다. 울면 울수록 온몸이 더 붉어졌다.

'열부터 식혀야겠다.'

화장실로 달려가 미지근한 물을 받아왔다. 그래서는 손수건을 적셔 아기 몸을 닦아 주었다. 처음에는 싫다는 건지 아프다는 건지 알 수 없는 울음을 토해내더니, 여러 번 그렇게 해 주자 조금 진정을 하는 거 같았다.

물수건을 밀쳐놓고 아기를 품에 안았다. 그세야 배가 고픈지 혀를 내밀고 입술을 쪽쪽 빨면서 무언가를 찾았다. 얼른 분유를 입에 넣어주자 덥석 물더니 허겁지겁 빨아 먹었다.

아기는 언제 그런 일이 있었냐는 듯 평화롭게 나를 봤다. 분유를 맛있게 먹으면서 내 눈을 빤히 보고 있다가, 내 시선을 따라 얼굴을 움직였다. 신기했다. 이 조그만 녀석이 이리 큰 나를 울리고 웃기고 하고 있으니 말이다.

아기가 눈을 스르르 감았다. 혹시라도 깰까 봐 한참을 그대로 있었다. 다리가 저려왔다. 살며시 아기를 바닥으로 내려놨다.

"응애 응애~!"

바닥에 닿는 순간 반짝 눈을 떴다. 그러더니 다시 목청껏 울어댔다. 서둘러 아기를 들쳐 업었다. 띠를 매고 몸을 흔들며 방을 서성이자 다시 자는 지 조용했다. 살금살금 걸어 거울 앞으로 가봤더니 정말 잠이 들었다.

'잘 때는 진짜 천사네.'

엄마들이 이 때문에 아기를 키울 수 있는 모양이다. 힘들 땐 너무 힘들어 죽고 싶은 심정이다가도, 잠든 모습을 보면 그런 마음이 다 사라져버리니까 그 일을 하고 또 하는가 보다.

가야 해, 말아야 해

또다시 날밤을 샜다. 어제는 그래도 유미가 있어 잠은 못 자더라도 교대로 앉거나 누워 있을 수 있었다. 그러나 유미마저 집에 없으니, 밤새 칭얼거리는 아기를 혼자 돌봐야 했다.

하루는 견딜 만했는데 이틀 연속 거의 뜬 눈으로 밤을 새고 나자 귀에서 풀벌레 우는 소리가 나고, 눈앞에 얇은 막이라도 씌운 듯 사물이 흐리멍덩하게 보인다. 내 생애에 잠을 안 자 본 날은 있어도 잠을 못 자 본 날은 없어서, 잠을 못 잔다는 게 얼마나 고통스러운 일인지 이제는 알겠다.

딱 한 번 중학교 때 수학여행을 가서 잠을 안 자 본 적이 있다. 나는 개구쟁이 친구 몇몇이서 우리가 여행을 떠난 첫날밤에 잠을 자는 아이들 얼굴에 낙서를 할 계획이라는 걸 알게 됐다.

"그러니까 걔들 희생양은 되지 말자. 우린 그냥 자지 말고 밤새 놀면 되는 거야. 이 참에 추억 하나 만드는 거지, 뭐."

우리 반 회장이 나한테 넌지시 알려줬었다. 당시 그 애는 나랑 친하게 지내고 싶어 했던 거 같다. 나는 그 애와 나만 아는 비밀에 모처럼 신이 났던 거 같고.

그래서 의기양양하게 대답했다.

"좋아, 하루 안 잔다고 쓰러지기야 하겠어? 그러자."

그러고는 그날 밤, 그런 장난을 치는 아이들 사이에서 노래를 듣고 아이돌 얘기를 하고 우리 둘만의 셀카를 찍으며 밤을 지새웠다. 그래도 다음 날 여행지를 다닐 때 별로 힘들지 않았었다.

시계를 보니 8시가 조금 넘었다. 아기는 먹여서 겨우 재워놓았다. 누워 자지 않으려고 용을 쓰며 버둥거렸지만, 차분히 몸을 톡톡 두드리며 자장가를 불러줬더니 잠이 들었다. 뿌듯했다. 나도 어느새 누구의 칭얼거림에 많이 익숙해진 거 같다.

'이대로 쓰러져 세상모르고 잘 수 있다면 얼마나 좋을까.'

하지만 그런 철딱서니 없는 소리나 하고 있을 때가 아니다. 분유가 두 번 먹을 양밖에 없다. 기저귀는 네 개밖에 남지 않았다. 무슨 수를 쓰지 않으면 심각한 상황이 된다.

무엇보다 아기를 당장 병원에 데려가야 하는 일이 급하다. 황달도 심하고 열꽃도 손등에까지 피어있다. 어른도 아니고 신생아라서 황달 같은 게 시간을 다투는 일이라는 건 아무리 미성년 미혼모라도 그 정도는 안다.

'배도 너무 고파.'

일어나 손지갑을 찾아 열어보았다. 현금 1만 3천원이 남아 있다. 얼마 안 되는 현금이지만 소중하게 느껴졌다.

'이거라도 있어 얼마나 다행이야.'

방금 잠이 들었으니 누구는 짧으면 한 시간, 길면 두 시간을 잘 거였다. 그동안 나는 유미를 찾으러 나가 봐야 한다. 암만 머리를 굴려 봐도 유미는 내 카드를 찾기 전에는 돌아오지 않을 거 같으니까. 그러니 여기서 유미를 마냥 기다리고 있을 수는 없다.

'아기를 혼자 두는 게 걱정이지만 어쩌겠어.'

유미는 지금 본가에 있을 거다. 걔가 갈 데는 거기밖에 없다. 남편도 도현이도 같이 있겠지.

언젠가 무슨 이야기 끝에 본가가 '앞산빌라'에 있는데, 1층이라 벌레가 많다고 말한 게 기억난다. 묻지도 않았는데 유미는 자기 주변 사람들의 신변에 관한 이야기를 자주 했다. 그땐 중요한 얘기가 아니라서 응, 응, 하면서 들었있는데 그게 얼마나 중요한 정보였는지 새삼 놀라겠다.

앞산빌라는 나도 아는 데다. 거기라면 버스로 몇 정거장만 가면 된다. 몇 호에 사는지 몰라도 가면 찾을 수 있을 거 같다. 진짜 문제는 아기가 잠든 틈에 다녀와야 한다는 거, 그리고 그동안 아기가 깨어나지 말아야 한다는 전제가 놓여 있다는 거다.

'더 이상 지체 말고 빨리 다녀오자. 그게 최선이야.'

손지갑을 꼭 쥐고 일어났다. 누구를 한 번만 더 보고 나가려고 돌아보다가 다시 옆으로 내려앉았다.

집에서 나온 이후 먹는 거도 제대로 못 먹고 울다 지쳐 잠들기를 반복해서인지, 아기가 야윈 얼굴로 싸개에 싸여 새근새근 자고 있는 모습을 보니 또 눈물이 질금거리며 올라온다.

'미안해, 아가. 다 내 잘못이야. 오늘도 어김없이 난 널 이렇게 힘들게 하고 있네. 난 너한테 아무 거도 해 줄 수 없는 페이퍼 맘이야, 그렇지? 그래도 이런 날 용서해 줘. 깨지 말고 자고 있으렴. 얼른 갔다가 올게.'

조심스레 방 문을 열고 나와 거리로 나서자 편의점 간판이 제일 먼저 눈에 들어왔다. 한계에 다다른 허기 때문일까. 다른 생각은 아무 거도 안 나고, 어서 이 욕망덩어리를 잠재워야 한다는 생각밖에 안 났다.

저절로 발걸음이 편의점을 향해 가고 있었다. 지금은 그럴 틈이 없는 데도 말이다. 본능이란 건 이렇게 사람을 어처구니없는 상황에 빠뜨리는가 보다. 스스로 생각하기에도 말도 안 되는 일 아닌가 말이다.

문을 밀고 들어가자 알바생으로 보이는 남자가 나를 힐끗 봤다. 별 생각 없이 그러는 걸 알면서도 괜히 위축이 된다.

이상하게 생각할까 봐 혼잣말처럼 중얼거렸다.

"빵이…."

알바생이 손을 들어 식사대 쪽 판매대를 가리켰다.

"저 안쪽으로 가보세요."

"감사합니다."

판매대를 따라 돌다가 빵이 있는 데로 가 하나를 골라들었다. 그 와중에도 가격은 싼 데 내용물이 큼지막해 보이는 빵으로 집었다. 우유도 샀다. 그러고는 계산을 끝내고 식사대로 갔다.

앉아서 먹는 사치 따위를 부릴 새가 없어 서서 먹기로 한다. 너무 허기지다보니 비닐봉지를 뜯는데 잘 따지지가 않고 손이 자꾸 허둥거린다. 우유팩을 따는 데도 수전증이 있는 사람처럼 손이 바들바들 떨렸다.

문득 아기들은 옆에 사람이 없는 걸 귀신같이 안다고 말하는 걸 들은 기억이 났다. 사람이 곁에 있을 때는 푹 자는데, 잠시 자리를 비우면 어떻게 알았는지 어느새 깨어나 울고 있다는 걸 들었었다.

'누구가 정말 벌써 깼으면 어써시?'

유미네 본가에 다녀오려면 최소한 한 시간 반 정도는 걸린다. 그거도 본가를 바로 찾고, 유미가 거기에 있어야만 가능한 시간대다. 본가를 찾는 데 실패하고, 유미마저 없다면 그 시간대에 돌아올 수 없다.

속이 바싹 탔다.

'가야 해, 말아야 해?'

가야 한다. 정 안 되면 유미 시부모님이라도 만나 사정을 말하고 도움을 요청해야 할 거다. 카드를 찾으면 갚는다고 말하며 얼마라도 꿔서 돌아와야 하고. 그래야만 아기를 병원에 데려갈 수 있다. 또 며칠이라도 쓸 아기용품과 식료품을 살 수 있다.

그러나 이대로 유미네로 돌아가면, 그리고 유미가 오늘 내로 돌아오지 않으면 우린 엄청난 대가를 치를 테지.

'어서 가야 돼.'

빵과 우유를 허겁지겁 먹었다.

버스정류장으로 가 앞산빌라로 가는 버스를 탔다. 마침 자리가 몇 있어 내리는 문이 가까운 데에 앉았다. 버스에 붙어있는 차량 운행노선도를 보니 여섯 번째 정류장에서 내리면 될 거 같았다.

혹시라도 잘 못 내리면 시간이 더욱 지체될 테니까, 잘 지켜보고 있다가 정확히 내려야 할 데서 내려야 한다. 눈을 부릅뜬 채 지형지물을 살피고 정류장 이름을 눈여겨봤다.

"어머나~!"

버스가 도로 턱을 지나며 덜커덩, 하는 바람에 눈을 번쩍 떴다. 놀랍게도 내가 잠이 들어있었던 거 같다. 밖을 둘러보니 생판 모르는 데다. 차를 탄 시간으로부터 삼십 분이나 지나 있다.

가슴이 덜컥 내려앉고 정신이 아득해졌다. 그러니 앞산빌라는 벌써 지나쳤던 거다.

'어떻게 이런 일이….'

종점을 향해 가고 있는지 버스가 외곽으로 빠지고 있었다. 도로도 많이 한산했다. 버스 기사 옆으로 갔다.

"기사님, 제가 앞산빌라 가야하는데 너무 지나쳤죠?"

기사가 백미러로 나를 봤다. 그는 거울로 내가 조는 모습을 봤는지 그랬구나, 하는 표정으로 싱긋이 웃었다.

"아, 거기? 거기야 많이 지나왔지. 거기 가려면 길을 건너가서 이 번호랑 같은 버스 타고 이십 분은 가야 돼."

친절한 분이어서 고마웠다.

"감사합니다."

인사를 하고 내림 버튼을 눌렀다. 일단 내려야 한다. 그래서는 기사가 알려준 버스를 타고 우선은 유미네로 돌아가야 한다.

이제 유미네 본가는 당장에는 갈 수 없게 됐다. 거기까지 들렀다 가면 시간이 너무 늦어져 아기한테 무슨 일이 생길지도 모르니까, 그건 안 된다. 거긴 아기가 안전한지 확인한 다음에야 다시 시도해 볼 수 있을 거다.

하늘이 도와 그 사이에 유미가 집에 와 있다면 더는 바랄 게 없겠다. 시누이를 찾지 못했더라도 유미가 와 줬으면 하는 마음 간절하다. 돈도 돈이지만 유미가 없으니 너무 무섭다. 무서운 일 투성이다.

'유미야, 제발 돌아와 줘.'

귀에 아기 우는 소리가 들리는 거만 같다. 눈가에 눈물을 한 방울씩 달고 나를 찾으며 고개를 이리저리 내흔들면서 앙앙거릴 아기를 생각하자 눈물이 툭 터져 나왔다. 기사가 어리바리한 나를 안쓰러운 눈으로 지켜보고 있을 거다. 틀림없다. 고개를 돌리고 눈물을 닦아냈다.

버스가 정류장에 스르륵 섰다. 내리는 사람이 나 혼자였다. 이를 악 물고 버스에서 내려 길을 건넜다. 그리고는 유미네로 가는 버스를 탔다. 타고 있는 사람이 거의 없어 좌석이 여유로웠다.

문 가까이에 있는 좌석으로 가 앉았다. 정신을 바짝 차리려고 등받이에 똑바로 등을 댔다. 여기서마저 잠이 들면 끝장이다. 몇 시간이고 지난 뒤에 가면 아기가 얼마나 놀라 있겠나. 가뜩이나 열이 있는데 열경기라도 일으키면 어쩔 건가. 말도 안 되는 상황일 테고, 생각하기도 싫다.

'어휴~!'

버스가 정류장에 설 때마다 발을 동동 구르게 된다. 버스는 더뎌도 너무 더디게 가는 거 같다. 마음 같으면 오토바이라도 빌려 타고 두다다다, 달려가고 싶다. 돈만 있으면 택시를 타고 갈 수 있는 이 길을 버스로 가면서 나는 있는 속을 다 태우고 있다.

'어쩌다 내가 이리 됐을까. 왜 내 처지가 이렇게 된 거지?'

그러나 그 생각을 끝으로 다시금 서서히 졸음이 나를 찍어 누르며 꼼짝달싹 못하게 하고 있었다. 세상에서 가장 무거운 게 눈꺼풀이라고 했던가. 그런 걸 알면서도 떨쳐내지 못하는 게 바로 졸음이다.

'안 돼, 절대 안 돼!'

눈을 반은 감고 반은 뜨고 졸고 있었던 거 같다.

그때 왼쪽 건너편에 앉은 어떤 남자가 나를 힐끔거리는 게 느껴졌다. 다른 데를 보는 척 슬쩍 돌아보니 대학생 같았다. 그런데 한두 번 보고 지나치는 게 아니고 숫제 대놓고 나를 보고 있는 게 아닌가.

언뜻 보기에도 그는 선량한 사람이었다. 자신의 고등학생 시절이 생각났거나, 그냥 내가 좀 딱해 보여 안쓰러운 마음에 그러는 거라는 생각이 들었다. 그래서 가능하면 내 얼굴이 잘 보이지 않도록 창밖으로 고개를 돌리고 있었다.

그러나 나를 잠식시키는 졸음은 어쩔 도리가 없었다. 보는 사람도 있고 창피하니 안 졸아야 하는데 어쩌자고 이리도 졸렵단 말인가. 허벅지도 꼬집어보고 겨드랑이 살도 비틀어봤는데 아무 소용이 없다.

그대로 있다가는 다시 졸다가 아까처럼 다른 데서 내릴 거 같아 자리에서 일어났다. 편히 앉아 가다보니 더 잠이 오는 거라는 생각에 뒤쪽으로 이동해 세로봉을 잡고 섰다. 거기 서니 남자의 시선도 피할 수 있어서 좋았다.

10 이런 치욕적인 만남이 있다니

들고 있던 손지갑이 발등으로 툭 떨어졌다.

"어머나!"

세로봉을 잡고 선 채로 또 졸았었나 보다. 손지갑을 주워들며 주위를 둘러봤다. 내가 그러고 있는 사이에 탑승한 사람들이 많았다. 내가 탈 때는 몇 없었는데 빈 좌석이 거의 없었다.

이렇듯 사람들이 올라타는 동안 나는 잠에 빠져 정신을 놓고 있었다고 생각하니 창피해 어쩔 줄 모르겠다. 뒷좌석에 앉은 사람들 중 몇 명이 나를 한심하다는 표정으로 보고 있다.

얼굴로 핏기가 확 몰려들었다. 너무 부끄러웠다. 그러나 고집스레 창밖을 내다보며 그런 생각 따위 안 하려고 무진 애를 썼더니 어느 정도 마음이 차분하게 가라앉았다.

그러다가 정신이 번쩍 들었다.

'참, 여기가 어디지?'

한 정류장에서 버스가 서고 승객들이 내리는데, 익숙한 풍경이었다. 아주 익숙한….

승객 둘이 내리고 나자 기사가 문을 닫고 있었다.

'어떡해~!'

등줄기를 타고 발가락 끝까지 단번에 전기가 주르르 흘러내렸다. 버스가 선 곳은 유미네 집 앞 정류장이었다.

내림 버튼 같은 건 생각도 안 났다. 냅다 소리부터 질렀다.

"내려요! 기사님, 저 여기서 내려야 돼요."

어디서 그런 용기가 났는지 모르겠다. 내가 쏜살같이 문 앞으로 달려가 발을 굴러대자 기사가 다시 문을 열었다.

"아, 거 참! 졸지만 말고 미리미리 내릴 준비 하고 있다가 딱 내렸어야지. 어린 학생이 왜 그래?"

이번 기사도 내가 조는 걸 내내 봤던 모양이었다. 쥐구멍이라도 있으면 비집고 들어가고 싶은 심정이다.

울먹이며 얼른 내려섰다.

"죄송합니다!"

돌아서서 절을 꾸벅하고 고개를 드니 버스 안에 있는 사람들이 모두 쳐다봤다. 나만 내린 줄 알았는데 따라 내린 사람이 있었다.

바로 그 남자, 나를 안쓰럽게 보고 있던 그 대학생 말이다.

달히고 있는 문 사이로 기사의 탄식이 들렸다.

"허허, 그 사람들 참! 제때에 내려야지, 왜 문 열릴 땐 가만있다가 가려니까 내린다고들 저 난리야."

남자도 큰소리로 사과 말을 했다.

"죄송합니다, 기사님!"

사정사정해서 내리긴 했지만 다리가 후들거려 도저히 발걸음이 안 떨어졌다. 허기와 수면 부족, 부끄러움, 죄책감으로 한치 앞이 보이지 않았다. 그대로 걸음을 떼다가는 탈진해 길거리에 쓰러질 거만 같았다.

정류장 벤치로 가 앉았다. 앉자마자 손바닥에 얼굴을 파묻고 울음을 터뜨렸다. 한번 터진 울음은 쉽게 그지지 않았다. 서러운 생각, 후회스런 생각들이 꼬리에 꼬리를 물고 달려들 뿐이었다.

마치 시장통에서 엄마 손을 놓아버린 다섯 살 아이처럼 섧게 울었다. 그 순간만큼은 누가 볼까 봐, 누가 들을까 봐, 그런 데에 마음 쓸 여유가 없었다. 그리고 눈물인지 콧물인지 뒤섞여 마구 흘러내렸지만 나는 닦을 손수건도 휴지도 갖고 있지 않았다.

그때 누군가가 조심스레 내 옆으로 앉았다. 그러더니 말없이 손수건을 쓱 내밀었다. 너무 놀라 손바닥으로 얼굴을 가린 채 힐끔 돌아봤다.

그 남자였다. 나를 따라 내린 남자 말이다.

'이 남자, 뭐야?'

정말 화가 머리끝까지 올라왔다. 나는 그가 벌써 자기 갈 길로 가버린 줄 알았다. 그런데도 아직까지 가지 않고 내 옆에서 머물며 내가 하는 행동을 다 보고 있었다니….

돌아앉아 손등으로 눈물을 닦았다. 따져봐야 뭐하겠나. 이런 사람은 무시하는 방법 외엔 없다. 자리를 피하는 게 상수지.

대충 눈물을 훔치고 일어나 걸음을 막 옮기려는데 남자가 툭 말을 던졌다.

"나 몰라, 명해린?"

'오, 내 이름을 아네. 누구지?'

아는 오빠들을 떠올려 봤지만 없었다. 아는 언니들은 있어도 오빠들은 내 주변에 없으니까. 휙 돌아서서 얼굴을 똑바로 봤다. 그래도 모르는 사람이다.

"누구…?"

남자가 일어났다. 그러고는 내 앞으로 와서 섰다.

"나, 김준희야. 6학년 때 같은 2반이었던 준희 모르겠어?"

그러고 보니, 그의 말을 듣고 보니, 그는 내가 아는 준희였다. 김준희.

몇 년 사이에 키가 훌쩍 커버려 대학생처럼 보였었는데, 6학년 때 그 얼굴이 남아 있다. 유치원 때부터 초등학교까지 같이 다녔던 그 수줍음 많고 착하다 못해 바보처럼 보였던, 김준희.

아마 우리가 서로 말을 안 하고 그대로 스쳐지나갔더라면, 나는 준희를 전혀 몰라봤을 거다. 그런 김준희가 그동안 달라진 듯 달라지지 않은 얼굴로 지금 내 앞에 서 있었다.

참고 있던 눈물이 다시 터져 나왔다.

'말도 안 돼, 왜 하필!'

앞만 보고 달음질을 쳤다. 유미네가 나오는 방향으로 넘어질 듯 건들건들 뛰고 또 뛰었다. 힘이 없고 현기증이 나 돌부리에라도 걸리면 다시는 못 일어날 거 같았지만 그래도 달렸다.

준희를 따돌려야 하니까. 그 애, 김준희의 시야에서 내가 먼지처럼 사라져버려야 하니까.

'이런 치욕적인 만남이 있다니….'

생각할수록 어이없다. 어쩌다 내가 이런 수모를 당하는 상황에 놓이게 된 걸까. 앞산빌라에서 제대로 내렸더라면 이런 일은 없었을 텐데, 어쩌다 되돌아 와야 하는 일을 만들어 그 애랑 맞닥뜨리게 된 거야.

편의점이 보였다. 그 점포를 끼고 돌아 골목길 둘을 지나면 유미네가 나온다. 아직은 들릴만한 거리가 아닌데도 벌써부터 아기 울음소리가 귓전에 들려오는 거만 같다. 잠에서 깬 집안에 아무도 없는 걸 알면, 파르르 떨며 세상이 떠나갈 듯 울어댈 테지.

누구가 깨어났다면 그러고 있을 거다. 충분히 가능한 일이다. 그런데 정말 그렇다면….

순간, 어쩌면 지금쯤은 집주인이 유미네 방 안으로 들어가 있을 지도 모르겠다는 생각이 들었다. 그렇다면 경찰이 집 앞에 도착해 나를 기다리고 있을 거고 말이다. 동네 사람들도 수군거리며 원룸 앞에 둘러서 있고, 누군가는 이렇게 말할 지도 모른다.

"도대체 이게 무슨 일이야, 어떻게 우리 바로 이웃에서 이런 어린 아이 학대가 있을 수 있어?"

다른 누군가도 혀를 끌끌 차며 한 마디 거들 거다.

"주변에서 이런 일이 생기면 제발 지체 없이 신고합시다."

한데, 경찰을 떠올리자 돌연 다리에 힘이 쭉 빠져 간신히 옆에 있는 전봇대를 붙잡고 멈춰 섰다. 나를 기다리던 그 경찰이 이미 누구를 데려가 보호소에 넘겼을 지도 모른다는 상상이 머릿속에 그려진 거다.

목이 바싹 마르고 눈앞에 노란 벌집 모양 문양이 나타났다.

'입양이 싫어 내가 키우려고 데리고 나온 건데, 만약 벌써 보호소로 넘겨진 거라면 우리가 도망쳐 나온 게 무슨 소용이야!'

귀에서 윙 청소기 돌리는 소리가 나더니, 눈앞에 펼쳐진 문양이 점점 진노린색으로 짙어지며 이제는 길도 제대로 보이지 않았다. 나는 전봇대를 있는 힘을 다해 끌어안았다. 그러고는 지독한 어지럼증이 어서 지나가기만을 기다렸다.

'어떤 일이든 제가 다 감수할 테니 제발 우리 누구한테 아무 일 없도록 해주세요!'

어느새 나는 절실히 기도하고 있었다. 절대자가 있다면 부디 내 소망을 들어주시길….

골목 하나를 지나자 유미네 원룸이 보였다. 그런데 원룸 입구에 사람 서너 명이 모여 웅성거리고 있었다. 아무래도 누구 때문인 거 같았다. 아기가 쉬지 않고 울어대는 바람에 사람들이 무슨 일인가 하고 하나둘 모여든 모양이었다.

그들이 원룸 현관 앞에서 유미네 방을 보며 말하는 게 그랬고, 어떤 사람이 유미네 방을 가리키는 게 그랬다.

그런 걸 보면 지금도 누구가 울고 있다는 얘긴데, 아기가 경기를 일으키거나 더 아파지기 전에 얼른 들어가 달래야 하는데도, 나는 그 사람들을 밀치고 들어설 수가 없다. 그럴 자신이 없다.

가까이 가 봤다. 사람들이 하는 말이 들렸다.

"나는 고양이 울음소린 줄 알았어요. 딱 그 소리더라니까."

"맞아요, 며칠 전부터 간간이 들리더라고. 나도 첨엔 도둑고양이가 든 줄 알았잖아요."

"그런데 방에 다른 사람이 없나. 왜 어린애 혼자 저렇게 울어대도록 놔두는 거야. 어른이 아픈가?"

그들이 하는 말을 들어보니 그래도 누구가 깨어나 울고 있는게 아주 오래 되지는 않은 거 같았다. 더욱 다행인 건 다들 원룸 입주민이고 주인은 그들 사이에 끼어있지 않은 게 분명했다.

조금 더 다가갔다. 마침내 누구가 죽어라고 울어대는 소리가 들렸다. 조막만 한 몸에서 어떻게 그런 절박한 소리가 날까.

'가야하는데, 어서 들어가 봐야 하는데….'

차마 사람들 사이를 뚫고 지나가 번호키를 누르고 방으로 들어갈 수는 없을 거 같다. 그러면 사람들은 물을 거다. 누구냐, 처음 보는 사람인데 학생 여기 사는 거 맞아? 아기하고는 어떻게 되는 거야.

그렇게 되면 나는 내가 아기 엄마라는 사실을 숨길 수가 없다. 엄연한 엄마인 지금도 나는 아기 엄마라는 사실을 떳떳하게 말할 수 없다. 밝힐 수가 없다고 하는 게 더 맞을 거 같다.

이렇게 말 할 용기가 없어서 일 거다.

비키세요, 내가 저 아기 엄마예요. 내 아기라고요!

그렇게 말하면서 당당하게 사람들을 밀치고 들어가면 되는데 그럴 수가 없어서인 거다.

왜냐, 사람들은 내 말을 듣자마자 사정도 모르고 자세히 알려고도 않고 금세 피식 웃으며 '미성년 미혼모구먼. 사고 쳤네, 사고 쳤어.' 하면서 서로 눈짓을 주고받을 거니까. 조소하면서 흩어져버릴 거니까.

나도 모르게 절레절레 고개를 흔들며 중얼거렸다.

"안 돼, 그건 절대!"

내 혼잣말을 들었는지 둘러선 사람들 중 하나가 나를 돌아봤다. 그의 눈초리에 의심이 가득했다. 그러자 그 사람 시선을 따라

다른 사람들이 전부 나를 봤다. 그들의 시선에도 의심하는 빛이 역력했다.

내가 주춤주춤 물러서자 먼저 나를 봤던 사람이 말했다.

"학생 여기 사는가 보구나. 우리 땜에 안으로 못 들어가고 있었나 본데, 빨리 들어가, 어서!"

그러면서 한쪽으로 물러섰다.

"허허, 그 참. 말을 하지 왜 그러고 있었어? 자, 어서 지나가."

다른 사람들도 서둘러 길을 비켜줬다. 그러니까 그들은 나를 다른 층에 사는 아이로 여긴 모양이었는데, 내가 괜히 제풀에 그런 지레짐작을 하고 겁을 집어먹었나 보다.

하지만 나는 아무 말도 않고 돌아서서 달렸다. 그런 모범답안을 제시한 사람들 앞에서 내가 형편없는 문제아임을 드러내고 싶지는 않았으니까. 정말 그건 어떤 형벌보다 가혹하다.

왔던 길을 되돌아 골목길로 들어섰다. 그러고는 벽에 이마를 대고 울었다.

'제발, 누가 나 좀 도와줘!'

발자국 소리가 났다. 누군가가 내 곁으로 다가와서는 가만히 어깨에 손을 얹었다. 돌아보지 않아도 준희라는 걸 알 수 있었다. 다른 길로 가버린 줄 알았던 준희가 내 뒤를 따라온 거다.

준희가 손수건을 내밀었다. 나는 손수건에 얼굴을 묻고 울었다. 서러움을 토해내고 또 토해내며 한동안 그렇게 울었다.

11 더는 묻지 마

"따라 와, 어서!"

앞장을 선 준희가 나를 돌아봤다. 믿음직스러웠다. 순한 눈에 살짝 미소를 머금고 나를 향해 고개를 끄덕이는 준희가 너무 든 든해 보였다. 손수건을 호주머니에 밀어 넣고 따라나섰다.

준희는 원룸 앞으로 똑바로 걸어갔다. 그 뒤를 숨듯이 뒤따르 며 바싹 쫓아가자 둘러선 사람들의 눈총이 더 이상 보이지 않았 다.

누군가가 하는 말이 들렸다.

"이럴 게 아니고 우리 112에 신고부터 합시다."

다른 사람이 말을 받았다.

"맞아요, 우리가 여기 온지가 벌써 이십 분이 다 돼 가는데 애는 숨이 넘어가도록 울어대고 보호자는 감감무소식이잖아요."

또 다른 사람이 말했다.

"그래요. 안에서 무슨 일이 일어났을지도 모르고요. 일단 일이 커지기 전에 신고부터 하는 게 좋겠어요."

그 사이에 둘러선 사람들 숫자가 더 불어나 있었다. 사람들이 이구동성으로 화답했다.

"맞네요, 그럽시다."

준희가 걸음을 빨리했다. 경보선수처럼 뛰듯이 걸었다. 신고를 막아보려는 거 같았다. 나도 재빨리 뜀박질하며 따라 붙었다. 그러나 우리가 원룸 앞에 도착했을 때는 이미 한 사람이 신고 전화를 하고 있었다.

"112죠? 예, 여기 말예요. 아기가···."

준희가 사람들 사이로 길을 내며 말했다.

"죄송합니다. 저희 좀 들어가겠습니다."

사람들이 일제히 우리를 돌아봤다. 그 사이에 나는 그들을 뚫고 유미네 방 문 앞으로 달려 번호키를 눌렀다.

준희가 그들을 향해 넙죽 절을 했다.

"잠깐 재워놓고 나갔다 온 건데 그새 아기가 잠을 깼네요. 걱정해 주셔서 고맙습니다. 아기는 잘 달랠게요."

그러자 신고 전화를 걸던 사람이 당황하며 말했다.

"아, 아뇨, 됐습니다. 해결이 된 거 같아요. 부모인지 아는 사람인지 방금 나타났으니까요. 바쁘신데 미안합니다."

사람들이 구시렁거리는 소리가 여기저기서 났다.

"허허, 참 세상…. 뭐야, 아무리 봐도 내 눈엔 둘 다 고등학생 같구먼. 나만 그렇게 뵈나?"

"이거, 이거, 요즘 티브이 틀었다하면 나오는 아동학대 뭐 그런 거 맞잖아요, 그쵸?"

"갑시다, 가요. 남의 제사에 배 놔라 밤 놔라 하지 말고 가자고요."

그러면서 하나둘 자리를 떴다. 그러고 나서야 내가 문에 질러 놓은 도어 스토퍼를 풀면서 준희가 안으로 들어왔다.

나는 달려가 말없이 아기를 안았다. 나를 본 아기가 더욱 자지러지게 울었다. 나를 알아본 듯 어디 갔다 왔느냐, 왜 이제 오느냐 원망하는 눈빛으로 내 품을 깊숙이 파고들었다.

다시는 헤어지지 않겠다는 듯이 아기는 얼굴을 내 가슴에 비벼대고, 손가락으로 옷자락을 움켜쥐면서 숨을 할딱거렸다.

토하거나 혀로 밀어내며 분유를 거부하곤 해 그동안 먹은 서도 거의 없는데, 저 어린 아기가 어떻게 저렇게나 강렬하게 자기 존재를 알리려는 노력을 할까. 본능이라 하기엔 너무나 처연하다.

한참을 엉덩이를 토닥이고 등을 쓸어내리자 차츰 울음이 잦아들었다. 비로소 원하는 걸 얻었다는 듯 거짓말처럼. 그러나 이내 배가 고픈지 혀를 날름거리면서 쭉쭉 혀를 빨기 시작했다.

아기를 눕혔다. 분유부터 타야한다. 일단 먹이고 나서 기저귀를 갈아주고는 업어야 할 거다. 그래야 잠을 자든 옹알이를 하며 놀든 할 거다. 그러나 아기가 다시 울음을 터뜨렸다.

"으아아앙, 응애 응애~!"

두 팔다리를 버둥거리고 얼굴을 내저으며 안으라고, 당장 안아달라고 아우성을 쳤다. 아기를 안아 올려 품에 꼬옥 안고 진정 시켰다. 그러고는 아기를 무릎에 앉힌 채 분유통 앞으로 다가갔다.

그리고 나서야 눈에 들어오는 준희. 그제야 준희가 아직도 엉거주춤 서 있는 게 보였다.

"어, 미안. 앉을래? 너 편한 대로 아무 데나 앉아."

준희가 조금 떨어진 데로 내려앉았다.

"응, 그런데 아기가 많이 놀랐겠다."

"맞아. 너무 운 거 같아서…, 걱정이야."

그런데 그동안에는 편하게 했던 일들이 준희가 지켜보고 있다는 생각이 들고나서부터는 엉망이 되고 만다. 물을 붓다가 주르르 흘리고, 얼마 남지 않은 아까운 분유를 바닥으로 쏟아버린 거다. 손에 마비라도 온 거처럼 제대로 움직여 주지를 않으니 이상한 일이다.

'넌 엄마야, 잊지 말라고! 아기가 지금 일분일초를 다투는 상황인데 준희가 무슨 상관이야. 창피한 생각 따위, 신경 꺼.'

그런 주문을 외며 하는 일에 잔뜩 신경을 집중하고 나자 정말 준희가 더 이상 신경 쓰이지 않았다.

이게 엄마일까. 이런 게 모성이라는 걸까. 모르겠다. 하지만 그렇게 해야 한다는 건 안다.

"쭈욱, 쭈~욱!"

모든 에너지를 쏟아 붓고 나서인지 분유를 입에 물리자마자 아기가 정신없이 빨았다. 내가 분유를 먹이기 시작하고 나서는 처음 보는 광경이라 참으로 낯설기까지 하다.

입은 연신 먹으면서 눈물을 양쪽 눈에 한 방울씩 달고서 나를 빤히 본다. 더는 나를 놓치지 않겠다는 듯.

어째 성급하게 먹더라니…. 아기가 별안간 젖병을 혀로 홱 밀어내더니, 기침을 하며 머금고 있던 분유를 삐죽삐죽 내놓았다. 그러고는 사레들린 사람처럼 캑캑거렸다.

젖병을 내려놓고 등을 톡톡 두드려주자 끄윽, 하며 트림을 하고 나서야 괜찮아졌다. 다시 아기를 내려 안고 분유를 먹였다. 지칠 대로 지쳐 몸이 피곤한지 아기는 이내 눈을 스르르 감는다.

준희를 돌아봤다. 벽에 기대앉아 다른 벽을 보며 앉아 있었다. 내가 자신을 불편해하는 게 보이자 그렇게 앉아 있었나 보다.

'착한 준희. 쟤는 여전히 착하네.'

잠이 깊이 든 거 같아 젖병을 살짝 빼보았다. 잠 든 게 맞다. 젖병을 밀어놓고 아기를 안은 채 준희하고 조금 떨어진 데로 가

벽에 등을 붙이고 앉았다. 지금 방바닥에 눕히면 아기는 발딱 눈을 뜨고 일어날 거다. 힘들어도 안은 채 잠을 푹 재우는 게 좋을 거 같았다.

준희가 나지막하게 말을 했다.

"나 아주 어릴 때부터 우리 할머니하고 둘이서 살았는데 너 몰랐지?"

준희가 이런 말을 꺼낼 줄은 몰랐다. 왜 불쑥 이런 얘기를 하는 걸까.

그런 생각이 머리를 스쳤지만 잠자코 대답했다.

"그랬구나. 나야 몰랐지."

준희하고 나는 짝이 돼 본 적도 없고 같은 모둠이 돼 본 적도 없었다. 유치원을 2년 함께 다녔고, 초등학교 때는 4학년과 6학년 때 한 반이었는데도 그렇다. 그러고는 서로 다른 중학교에 갔고 고등학교 때도 준희는 일반고를, 나는 특목고를 갔다.

준희가 조금 웃었다.

"맞아, 네가 그걸 어떻게 알았겠어. 그냥 내 얘기를 좀 하고 싶어서 그런 얘길 꺼낸 건데, 나 내 얘기 조금 해도 돼?"

내가 고개를 끄덕끄덕했다.

"응, 해."

나, 고 1 마치자마자 자퇴했어. 지금은 학원 다니면서 검정고시 준비 중이야. 그렇다고 사고를 쳤다거나 공부가 싫어져서 그런 건 아니고. 조금이라도 빨리 대학에 입학하려고 그런 거지.

그리고 대학도 가능하면 조기졸업하려고. 그래서는 얼른 직장 잡아 우리 할머니 모실 거야. 할머니는 70대 초반이신데, 나 키우고 공부시키느라 엄청 고생하신 분이셔. 할머니 연세면 다른 사람들은 일을 놓고 편히 쉬실 땐데, 우리 할머니는 아직까지 젊은 사람처럼 일하고 계셔서 말이야.

할머니는 시장에서 방앗간을 하셔. 고춧가루도 빻고 기름도 짜는 가게 있잖아. 할머니 일터인 거기서 우린 살아왔어. 그러니까 난 거기서 자고 먹고 공부하는 셈이지.

나는 아주 아기였을 때부터 할머니하고 살았고, 그래서 내가 어릴 적에는 할머니가 엄만 줄 알고 '엄마, 엄마!'하고 불렀어. 어린이집에 다닐 때부터 할머니가 이제부터는 할머니라 부르라 그러더라. 아무튼 할머니는 나한테는 엄마 같은 존재야.

내 소원은 할머니를 하루라도 앞당겨 방앗간 일에서 손을 놓게 하는 거야. 그 일은 남자인 나한테도 힘든 일이다. 그 일을 할머니는 평생 해 오신 거야. 보고 있으면 너무 마음이 아파 눈물이 나와.

나는 너처럼 공부를 썩 잘하는 편은 아니지만 그래도 맘만 먹으면 어느 정도는 잘 할 수 있어. 다 마음인 거지. 실은 마음이라기보다는 노력을 하는 거라는 게 더 정확한 표현이긴 하지만. 하여간 요즘 정말 열심히 공부하고 있어.

오늘도 그때 난 학원 가는 참이었어. 그런데 버스에 올라탔더니 네가 있더라고. 처음엔 잘못 봤나, 했지. 네가 그 버스를 탈 일이 뭐 있겠어. 그래서 정말 너랑 꼭 닮은 사람도 있구나, 했지.

네가 중학교 때 전교 1등을 놓친 적이 없다는 걸 난 다 듣고 있었어. 고등학교는 외국어고에 갔고 거기서도 전교 1,2등을 한다는 거도 알고 있었고. 네 소식은 초등학교 때 애들 만나면 모르는 사람이 없더라.

그랬으니 네가 그 버스를 탔다고 어떻게 생각하겠어. 한데, 시간이 지날수록 너라는 확신이 들더라고. 그래서 네가 앉은 옆으로 자리를 옮겨갔지. 네 바로 건너편에 앉아서 널 본 거야.

세상에, 그런데 그게 진짜 너더라고! 깜짝 놀랐지. 아주 그냥 심장이 떨어져 나가는 줄 알았다. 만나서 반가운 건 당연했고, 사실 네가 하도 정신없이 졸고 내리는 데도 놓치는 걸 보곤 무작정 따라 내렸던 거야.

"나도 작년에 자퇴했는데…, 나랑 같네."

준희가 짐작했다는 듯 고개를 끄덕이며 나를 돌아봤다.

"그랬구나."

"응, 그리고 미안하다. 나 때문에 너 학원 가던 길에 이렇게 돼버려서 말이야."

준희가 두 손을 내저었다.

"아냐, 아냐. 하루 안 나간다고 그렇게 큰일은 아니지. 그 정도는 내가 다 커버할 수 있으니까 그런 걱정은 마."

준희는 내 얘기가 궁금할 거다. 내가 왜 자퇴를 했으며 왜 아기 엄마가 돼 여기서 이러고 있는지 몹시 알고 싶을 테지. 그래서 자신의 얘기를 먼저 들려 준 걸 거고.

내가 아무리 말하고 싶지 않다 해도, 어떤 식으로든 조금은 말해 줘야 한다. 준희는 충분히 들을 권리가 있다. 그렇지만 자존심이 상하고 속이 뒤집어지려고 한다. 그래도 해야 한다.

말을 꺼내려는데 목부터 잠겨들어 억지로 말을 끄집어냈다.

"아까…, 내가 골목에서 잠깐 말했듯이 이 아기는 내 아이야. 그러니까 내가 이 아이 엄마라는 뜻이지. 도와줘서 너무너무 고맙지만 더는 묻지 마."

준희가 가만히 고개를 끄덕거렸다.

"응, 알았어. 그거면 돼."

"미안하다."

방안을 구석구석 돌아보고 있던 준희가 나를 힐끗 봤다. 시선이 마주쳤다. 그러자 준희가 고개를 돌리며 물었다.

"아냐, 그런데 여긴 누구 방이야?"

"너 유미 알지, 6학년 때 같은 반이었던 남유미. 걔 방이야. 걔 결혼했거든. 아들도 있고. 그러니 걔들 부부가 사는 방."

준희 눈썹이 꿈틀했다.

"유미가 여기 살고…. 그럼 너도 여기서 사는 거야, 다같이?"

나도 모르게 피식 웃음이 터져 나왔다. 무슨 말도 안 되는 소린가. 얘는 예나 지금이나 한 번씩 사오정 같은 말을 툭 던지곤 한다.

"아니, 그건 아니고. 그냥 내가 좀 사정이 있어서 이틀을 여기서 자게 됐는데 이제 아기 깨면 우린 나가야 돼."

그 말을 하는데 왜 눈물이 또 스멀스멀 올라오는 걸까. 참으려고 혀를 깨물어도 멈춰지기가 않는다. 고개를 돌리고 눈물을 닦아냈다.

"아기가 아파 보이는데…, 갈 데는 있고?"

나는 울먹이며 고개를 잘래잘래 흔들었다.

"아니…, 어쨌든 나가야 돼."

준희 눈빛이 번뜩 빛났다.

"있을 데가 필요해?"

고개만 끄덕끄덕 했다. 말을 할 수가 없었으니까. 한 마디만 더 하면 울음을 터뜨릴 거 같았다.

준희가 말없이 나를 봤다. 아니, 나랑 우리 아기를 보고 있었다. 그러더니 자리에서 일어났다.

"잠깐만 나갔다가 올게."

그러고는 서둘러 밖으로 나갔다.

12

말도 안 돼

준희를 따라 시장으로 왔다. 아기는 자고 있어 업지 않고 싸개에 싸서 안았다. 준희가 내 백팩을 들어줘 집을 나올 때보다는 한결 움직이는 게 편하다. 더구나 준희는 새로 산 아기 기저귀와 분유가 담긴 커다란 비닐봉지까지 들고 있다.

기저귀와 분유는 조금 전에 시장 입구 슈퍼에서 샀다. 택시를 타고 여기로 올 때 준희가 물었었다. 혹시 필요한 거 있느냐고. 얼마나 고맙던지 하마터면 절을 꾸벅 할 뻔했다. 어떻게 그렇게도 내 맘을 잘 아는지 신기할 따름이었다.

그래서 나한테 필요한 건 없는데 아기용품이 당장 필요하긴 하다고 했더니 준희가 사준 거다. 나중에 꼭 갚겠다는 내 말에, 준희가 그럼 당연히 갚아야지 하며 웃는데 얼굴이 빨개지고 말았다.

아직 오전이라 그런지 시장은 조용했다. 장보러 나온 사람들은 얼마 없고, 상인들이 부지런히 팔 물건들을 정리하거나 음식을 만들고 있었다. 준희가 앞장서고 내가 아기를 안고 따라가자 상인들이 하던 일을 멈추고 우리를 봤다.

준희가 시장에서 오래 살아 모두들 준희를 잘 아는 거 같았다. 하지만 순희는 그런 시선에 별로 신경 쓰지 않았다. 오히려 내가 의기소침해 뒤처질까봐 자꾸 돌아보며 고개를 끄덕여주었다.

'내가 지금 애한테 무슨 짓을 하고 있는지 모르겠다.'

학원 간다며 나간 준희가 느닷없이 나를 데리고 나타나면 준희 할머니는 얼마나 기가 막힐까. 준희 공부시키려고 그 고생을 마다 않는 분이라고 했는데 말이다. 나라도 나 같은 애를 데리고 들이닥치면 쳐다보지도 않고 그대로 내칠 거 같다.

'아무리 급한 상황이지만 이건 너무 철면피 짓이야.'

따라가지 말고 도망을 쳐버릴까. 그러기엔 너무 늦었다. 우린 어느새 시장 중간지점에 접어들어 있었고, '준희네방앗간'이라는 간판이 눈에 들어왔으니까. 게다가 아기 짐들을 모두 준희가 들고 있다.

낡은 간판 아래로 방앗간 문이 활짝 열려 있었다. 그 앞으로 다가간 준희가 어서 오라는 눈짓을 했다. 이제는 별 수 없다. 염치

불고하고 따라 들어갔다. 들어서면서 보니 안에는 손님이 한 명도 없었다.

점포 안쪽 구석에 있는 마루형 침상에 준희 할머니가 앉아 있었다. 거기서 밖을 내다보고 있던 할머니가 우리를 보고는 자리에서 일어났다. 그래서는 문 앞까지 걸어와 나를 맞이했다.

할머니는 아기부터 받아 안더니 준희를 돌아보며 말했다.

"네 말대로 일단은 내가 애를 여기 데리고 있으마. 그리고 아기를 한번 살펴보고 병원에 가야겠으면 애하고 같이 가 볼 테니 넌 아무 걱정 말고 어서 가던 학원이나 가."

백팩과 비닐봉지를 침상 위로 내려놓던 준희가 고개를 끄덕였다.

"알겠어요, 그럴게요. 죄송해요, 할머니."

그러고는 나를 보며 눈인사를 하고 난 준희가 서둘러 밖으로 나갔다.

순간 막막했다. 충분히 화를 낼만한 상황인데도 침착하게 우리를 받아준 할머니가 고맙기는 하지만, 준희 없이 그 애가 올 때까지 기다려야 한다고 생각하니 입안에 침이 바싹 마르고 심상이 욱 조여 왔다.

할머니가 우리 짐을 눈짓으로 가리켰다.

"그거 들고 따라 와."

나는 얼른 백팩과 비닐봉지를 들었다.

"예."

할머니는 침상 옆으로 난 계단을 올라갔다. 계단은 다락방과 연결돼 있었다. 한 사람이 겨우 지나다닐 수 있도록 나무로 만들어진 간이계단이었는데, 걸음을 옮길 때마다 삐걱삐걱 요란한 소리가 났다.

아기를 안고 조심조심 오르던 할머니가 나를 돌아봤다.

"우리가 이렇게 산다. 참 낡고 허술하지. 그래도 사람 사는 데야. 저 아래서는 내가 자고 여기서는 우리 준희가 생활하고 있어."

아닌 게 아니라 내가 방금 그런 생각을 하고 있었는데, 마치 할머니가 내 마음을 들여다보기라도 한 거처럼 말을 하니 속이 뜨끔했다.

"아, 예."

먼저 올라선 할머니가 구석으로 아기를 눕혔다. 그리고는 옆자리를 손가락으로 톡톡 두드렸다.

"자, 이리로 좀 와서 앉아."

할머니가 가리킨 자리로 가서 앉았다.

"예, 감사합니다."

할머니가 막 무슨 얘긴가를 하려는데 잠을 깬 아기가 칭얼거렸다. 바닥에 등을 대면서 깨어난 거 같았다. 내가 일어나려고 하자 할머니가 그대로 앉아 있으라는 손짓을 하며 아기를 안았다.

"이 녀석이 벌써 사람 손을 단단히 탔구먼, 그려."

할머니가 둥개둥개 어르자 아기가 울음을 뚝 그치고 까만 눈으로 할머니를 빤히 쳐다봤다.

"아주 귀엽게 생겼네. 공주지?"

"예."

"난 지는 며칠 됐어?"

"5일차요."

그제야 생각난 듯 할머니가 아기를 바닥으로 내려놓고는 배냇저고리 고름을 풀었다.

"우리 준희가 그러더라. 혼자 오랜 시간 울어 그런지 아기가 많이 보채는데다가 얼굴이 노랗고 좁쌀 같은 붉은 게 엄청 돋아 있더라고."

울컥 설움이 밀려왔다.

"맞아요. 우리 아기 많이 아파요."

할머니는 기저귀를 풀어 허벅지와 엉덩이도 살펴봤다.

"그런데 얘, 아기가 열꽃도 열꽃이지만 황달이 심하잖냐? 아이고, 이럴 때가 아니다. 어서 병원부터 가 보자."

"……."

나도 병원에 가야 하는 건 안다. 그렇지만 병원에 가면 그들은 아기 보호자부터 찾을 거다. 내가 보호자고 엄마라는 걸 밝힌다고 해서 달라지는 건 없다. 내가 돈도 없고 아기를 책임질만한 능

력이 없다는 걸 잘 아는 사람들이니까.

그러면서 내 보호자 연락처를 대라고 할 테지. 그러나 나는 외삼촌 연락처를 줄 수가 없다. 그가 그동안 얼마나 나를 찾고 있었을까. 지금쯤은 아마 경찰서에 가출신고를 해놓았을 테고 말이다.

병원에서 연락을 하면 그와 경찰이 득달같이 달려와 나랑 아기를 집으로 데려갈 거다. 그래서는 그의 뜻대로 다시 입양이 진행될 테고. 이건 다 내가 미성년이라 아무 결정권이 없기 때문이다.

나는 분통이 터졌다.

'말도 안 돼!'

할머니가 아기 옷고름을 매어 주며 말했다.

"아기 분유부터 먹이자. 그리고 나서 병원에 가는 거야."

나는 분유를 탔다. 내가 먹이려고 하는데 할머니가 달라고 했다. 할머니가 먹이자 아기는 몇 번 고개를 내젓고 혀로 밀어내다가는 먹었다. 그렇게 맛있게 먹는 듯하던 아기가 삼킨 분유를 울컥울컥 토해냈다.

"이런, 이런, 안 되겠다. 아기 상태가 심각해. 내 보기엔 몸이 안 좋아 먹는 거도 힘든 모양이야."

나는 울음을 툭 터뜨렸다.

"어떡해, 우리 아기 어떡해요!"

할머니는 혀를 끌끌 찼다.

"어떡하긴 뭘 어떡해. 당장 병원에 데려가 치료 받게 해야지. 일단 씻기자. 이대로 갈 순 없잖니. 먹이는 건 치료받고 나서 해도 될 거 같다."

내가 아기를 안고 등을 토닥이는 사이에 할머니가 세숫대야에 미지근한 물을 받아왔다. 배냇저고리를 모두 벗기고 기저귀까지 벗겨낸 할머니는 아기를 아주 능숙하게 씻겼다. 당신이 아주 오래 전에 해 본 일일 텐데도, 할머니는 어제까지 한 일처럼 잘 해냈다.

씻기고 나서 새 옷으로 갈아입히자 아기는 옹알이를 하며 할머니를 가만히 올려다봤다. 시원한 모양이었다. 훨씬 표정이 밝아져 있다. 할머니가 싱긋 웃으며 아기를 안고 일어났다.

"가자, 얼른 갔다 와야 나도 장사하지. 우리 방앗간은 보통 오후 장사야. 오후가 돼야 장도 우리 점포도 복작복작해지거든."

나는 꼼짝 않고 그대로 앉아 두려움 가득한 눈으로 고개를 가로저었다.

"……."

할머니가 다시 앉았다.

"왜, 병원에서 네 집에 연락이라도 할까 봐 그러는 거야?"

"예. 그러면…, 그러면 안 되거든요. 절대로요!"

아기가 싫다는 듯 몸을 뒤틀며 보채자 할머니가 끙, 하며 일어났다. 그러고는 요람처럼 아기를 흔들었다. 그제야 아기가 조용해졌다.

"그래, 네가 이 갓난쟁이를 싸안고 집 나온 사정은 따로 안 들어도 훤히 짐작이 된다마는 그런 일은 없을 거다. 병원에서 뭐 하러 그런 일을 하겠어. 그러니 그런 걱정일랑 말고 아기부터 치료 받게 해야 해, 안 그러냐?"

절로 울음이 터져 나왔다.

"……."

나도 안다. 그래야 한다는 걸. 그러나 만약에 외삼촌에게 연락이 가면 누구와 나는 영원히 헤어져 살아야만 한다. 나는 그렇게는 안 할 거다. 그런 일이 있어서는 절대 안 된다.

'그렇게 되면…, 나는 살 수가 없을 거다. 어떻게 누구를 먼 데 보내놓고 나 혼자 잘 살 수 있단 말인가.'

모성애 때문에? 모르겠다, 그런 건. 그러나 본능적으로 그런 상황이 발생하면 나는 앞으로 인간답게, 나답게 살 수 없을 거라는 건 알겠다. 내가 나를 모르겠는가. 나는 나이기 때문에 나를 가장 잘 안다.

할머니가 내 어깨에 손을 얹었다.

"해린아, 너 명해린이지?"

어떻게 할머니가 내 이름을 알까. 엉겁결에 고개를 끄덕끄덕했다.

"예."

"이런 신생아들은 우리 같은 어른들하고는 달라서 갑자기 위급해지곤 하더라. 섣불리 잘못 판단해 시간을 끌었다가 치료시기라도 놓치면 그 땐 큰일 아니니, 어떡할 건데?"

다 알고 있는 사항인데도, 할머니 말을 듣자 지금이 딱 그런 상황인 거 같아 완전히 겁을 집어먹어버렸다. 몸이 부르르 떨리고 턱이 딱딱하게 굳어졌다.

"흑, 흐흐흑~!"

할머니가 내 손을 잡고 나를 일으켰다.

"혹시 내가 네 집이나 경찰에 연락이라도 할까 봐 그러는 거라면 지금은 나를 믿어. 나는 안 그럴 거니까. 그래도 나중에는 나도 나를 장담 못하겠다. 왜냐하면 너와 이 아기의 장래가 걸린 문제라서 꼰대 중 꼰대인 내가 너를 이대로 마냥 놔둘 수는 없는 일이거든."

13

해 볼래요, 그래야 하니까요

준희 할머니하고 여성병원으로 왔다. 어느 병원으로 가야 할지 막막해 하는 내게 할머니는 내가 아기를 낳은 병원으로 가는 게 좋을 거라고 했다. 진료한 기록이 있는 병원이 최고라는 말을 덧붙이며 말이다. 그래서 이 병원으로 온 거다.

혼자서는 엄두도 못 낼 일이지만, 할머니가 나서 주니까 용기를 낼 수 있었다. 내게는 할머니가 천군만마보다 힘이 된다.

진료실 문이 열리며 안에서 간호사가 나왔다.

"명해린 아기, 들어오세요!"

참 낯선 호칭이지만 누구를 말하는 게 틀림없었다. 할머니가 안고 있던 아기를 내가 받아 안았다. 그러고는 진료실로 들어섰다. 나는 할머니가 대기실에서 나를 기다릴 거라고 생각했는데, 돌아보니 할머니도 나를 따라 들어서고 있었다.

진료를 담당하고 있는 의사는 아기를 받아주었던 그 여의사였다. 그녀는 내 사정을 미주알고주알 아는 사람이다. 그래서 부끄럽고 죄의식까지 느껴지지만, 한편으로는 반갑고 마음이 편해지는 면도 있다.

그녀도 나를 알아보고는 미소를 지었다. 한데, 내 뒤에 선 할머니를 보더니 누구냐는 듯 눈짓을 하며 나를 봤다. 순간 당황스러웠다. 그걸 물을지는 몰랐으니까. 하지만 큰 의미는 없어보였다.

그래서 대충 얼버무렸다.

"제 할머니…."

듣고 있던 할머니가 끼어들었다.

"안녕하세요. 아기 엄마, 해린이 할머닙니다. 우리 아기가 황달이 심해요. 열꽃도 온 몸을 뒤덮었고요. 한번 봐 주세요."

"예, 알겠습니다."

그녀가 고개를 끄덕이며 아기 얼굴을 자세히 들여다봤다. 그러고 나더니 배냇저고리 고름을 풀어 팔다리와 몸 상태를 살피고 나서는 입술을 지그시 깨물었다. 할머니가 내 옆으로 와서 섰다.

"심한 거죠?"

그녀가 몸을 곧추세우고 우리를 돌아봤다.

"좀…. 일단 검사를 해봐야겠어요."

그러고는 아기 발뒤꿈치를 살짝 찔러 혈액을 채취해 혈중 빌리루빈 농도를 측정하는 검사를 했다. 그러자 그때까지 보채지도 않고 가만히 세상구경을 하고 있던 아기가 죽어라고 울었다.

이도 없는 잇몸을 다 드러내고 목젖까지 보이도록 설움을 타며 우는 게 너무 귀여웠다.

잠시 혈액을 들고 옆방으로 갔다가 돌아온 그녀가 말했다.

"입원을 시켜 황달수치부터 낮춰야 합니다. 그러면서 열꽃도 함께 치료하면 될 거 같아요."

눈에 별이 번쩍 했다.

'입원이라니…!'

입원 수속은 누가 하고, 발생하는 비용은 또 어쩐단 말인가. 당장 먹고 잘 데조차 없는 내가 그런 일들을 어떻게 해결할 수 있을까. 그리고 그렇게 되면 결국에는 외삼촌한테 알리는 수밖에 없게 된다. 안 돼, 그건.

내 표정을 본 할머니가 그녀에게 물었다.

"외래로 다니면서 치료하면 안 될까요?"

그녀가 고개를 가로저었다.

"황달수치가 높아 바로 입원을 해야 합니다. 이런 신생아들의 경우, 황달이 심해지면 신경학적인 장애를 초래할 수도 있어요."

그동안 아기를 방치해 온 데 대한 죄책감이 훅 엄습해 왔다.

그토록 고집을 부리며 시간을 끈 게 부끄러워 몸 둘 바를 모르겠다. 아무리 참으려 입술을 깨물어도 울음이 비어져 나왔다.

"얼마나, 얼마나 입원해야 해요?"

"보통은 한 삼 일에서 오 일 정도? 하지만 뭐 길어도 일주일 정도면 퇴원할 수 있을 거야."

나도 모르게 옆에 선 할머니 팔에 얼굴을 묻고 울어버렸다. 이런 위급한 상황에서조차 선뜻 입원을 시켜달라고도, 그렇다고 안된다고도 말 할 수 없는 나. 그런 사람이 누구의 엄마라는 사실이 한없이 슬펐다. 이루 말할 수 없이 마음이 아리고 쓰렸다.

"어흑, 어흐윽~!"

할머니가 내 머리를 가만가만 쓸어내렸다.

"예, 그럼 입원시켜 주시고 우리 아기 치료 잘 부탁드립니다."

그녀가 생각난 듯 말했다.

"참, 저번에 보니까 아기 엄마 보호자가 외삼촌 분이시던데 이번에도 그분이 오셔야 입원수속이 되나요?"

할머니가 손을 내저었다.

"아니에요. 제가 수속을 할 겁니다. 제가 보증하고 입원시키면 되잖아요, 안 그래요?"

그녀가 자판을 두드려 컴퓨터에 무언가를 입력하며 슬몃 웃었다.

"당연하죠. 그렇게 하세요."

아기를 입원시켜 놓고 방앗간으로 돌아왔다. 다행히 아직 외출한 할머니를 기다리고 있는 손님이 없었다.

할머니가 주방으로 가며 말했다.

"비빔국수나 해 먹을까?"

"좋아요."

비빔국수를 먹다니…. 엄마도 여름이면 비빔국수를 자주 해줬었다. 그때는 별 생각 없이 먹었는데 그때가 이리 그리워질 줄 알았다면 한 끼 한 끼 느껴보고, 즐기면서 먹을 걸 그랬다.

할머니 옆으로 가서 섰다. 양념장을 만들고 있던 할머니가 힐끗 보더니 눈을 찡긋했다. 콧잔등이 시큰해진다. 처음 봤을 때는 꽤 무서운 인상이더니, 알고 보니까 준희 할머니는 엄청 따뜻한 분이다.

'할머니가 우리 할머니면 좋겠다.'

준희가 알면 펄쩍 뛸 소리지만 내 마음이 그런 걸 어쩌겠나. 만난 지 불과 얼마 안 되었는데도 할머니는 내 마음 깊은 곳으로 뚜벅뚜벅 걸어 들어왔다. 나는 그런 할머니를 내 마음의 곳간에 깊숙이 저장해 두었고.

소반에 김치와 비빔국수를 얹더니 할머니가 나를 손짓해 불렀다.

"들고 따라와. 너도 밥값을 해야지."

"풋~!"

참으로 오랜만에 웃음이 툭 터졌다. 할머니의 위트는 수준급이었다. 고작 그게 무슨 밥값이 될까마는. 안 웃고는 못 배기게 하는 놀라운 재치다. 이런 상황에서 웃음이 나올 줄은 정말 몰랐다.

침상 위에 마주 앉아 국수를 먹었다. 엄마가 만든 비빔국수는 언제나 매콤새콤했다. 그런 입맛에 길들여진 나인데도 새콤달콤한 할머니 국수가 먹을 만하다. 달콤한 음식은 뭐든 잘 안 먹던 나였는데, 할머니 음식이라 그런대로 괜찮게 느껴지는 걸 거다.

먹고 있는 나를 별 말없이 슬쩍슬쩍 보던 할머니가 말을 꺼냈다.

"너 아까 내가 '너, 명해린이지?' 하니까 놀라던데 내가 어떻게 네 이름을 아는지 그거 궁금하지?"

"예."

"우리 준희가 말이다. 유치원 때부터 초등학교 졸업할 때까지 집에 오면 그렇게 네 얘기를 하더라고. '해린이가…, 명해린이….' 하면서 말이다. 네 얘기 말고는 학교 친구에 대해 내가 들어 본 게 없어. 친구도 없고 놀러나가지도 않는 애가 유독 너에 대해서는 말을 했어."

"……."

나는 너무 놀라 멍하니 할머니만 바라봤다. 왜 그랬을까. 왜 준희가 내 얘기를 그렇게 했을까. 무슨 얘기를….

"얼마 전에도 한번 까맣게 까먹고 있던 네 이름을 말하면서 잘 있는지 궁금하다더라. 그래서 내가 네 이름을 아는 거야. 우리 준희가 그리 궁금해 하는 대상이니 난들 왜 안 궁금했겠어."

금세 얼굴이 새빨개져버렸다. 생각도 못해 본 말을 여기서 들으니 얼떨떨하기도 하고 어찌해야 할 바를 모르겠다. 부끄러운 건지 어색한 건지 이런 감정이 낯설기만 하다.

초등학교 졸업 이후부터 오늘 오전에 준희를 만나기 이전까지 나는 단 한 번도 준희라는 존재를 떠올려본 적이 없었는데, 준희는 나에 대해 많은 생각을 하고 있었다니 믿어지지가 않는다.

돌연 기침이 나오기 시작했다. 고춧가루가 기도로 넘어간 모양이었다. 할머니가 물을 가져다 줘 벌컥벌컥 마셨다. 그러고 나서 몇 번 더 기침을 하고 나니 그때야 기침이 멈춰졌다.

식사를 끝낸 할머니가 귤 몇 개를 가져와 시장 쪽을 바라보고 앉더니 천천히 껍질을 벗겼다. 그래서는 내가 그릇을 깨끗이 비우고 젓가락을 내려놓자 내 손에 쥐어주었다.

할머니가 상을 옆으로 밀쳐놓고 조심스레 말했다.

"힘들겠지만 어떻게 아기를 갖게 됐는지 말해 줄 수 있겠니? 나이 이만한데 내가 이미 짐작 가는 바야 있지. 그래도 그 사연을 직접 듣고 알아야 내가 널 도울 수 있을 거 같다."

때가 온 거다. 언젠가는 내 스스로 말을 하고 싶은 때가 올 거라고 믿었다. 그때 말하겠다고 다짐했었다. 어른 같은 어른을 만나면 말할 거라고, 내 말을 들어줄 준비가 된 사람을 만나면 그때 들려주겠다고 생각한 그 사람을 만난 거다.

　나는 무릎걸음으로 할머니 옆으로 다가가 시장 쪽을 바라보며 나란히 앉았다.

　엄마하고 둘이서 살던 저는 엄마마저 돌아가시고 나자 도통 잠을 이룰 수가 없었어요. 원래 저는 잠보거든요. 잠이 많아 사람들이 '잠순이'라고 놀릴 정도로 잠이 많은 애예요. 그런데 잠이 아예 안 오더라고요. 눈 한 번 못 붙이고 아침을 맞는 날이 계속됐어요.

　그런 날들이 점점 늘자 외삼촌하고 외숙모가 집을 팔고 두 분이 사는 집으로 들어오라 하더라고요. 딱 잘라서 싫다고 했어요. 어떻게 엄마하고 살던 그 집을 팔아요. 우리 엄마하고의 추억이 가득한 그 집을요. 그래서 거절했더니, 그럼 두 분이 우리집에 들어와 살겠다는 걸 그거도 싫다고 했어요.

　엄마하고 살았던 우리집에 다른 사람이 들어와 사는 게 싫었어요. 두 분 집으로 내가 가는 건 더 싫었고요. 그러는 사이에 불면증이 심해졌고, 병원에 가 처방을 받아와 수면제를 먹고서야 조금씩 잘 수 있었는데, 그때부터 몸이 자꾸 아프더라고요. 몸살도 나고 여기저기 아픈 거예요.

　외삼촌이 그러더라고요. 그럼 방학동안만이라도 외삼촌네에 와서 지내는 게 어떠냐고요. 생각해 보니 아주 같이 사는 게 아니라, 이십여 일 남은 기간 같이 지내는 정도는 괜찮겠더라고요. 그래서 짐을 꾸려 외삼촌네로 갔어요.

거기로 갔더니 거실에 커다란 캐리어가 두 개 있었어요. 누구 거냐 물었더니 외숙모 동생이 왔대요. 우리 외삼촌이랑 외숙모는 대학생 시절부터 커플이었던 사람들이라 양쪽 집안 식구끼리는 가족처럼 지내왔고 모두가 서로를 잘 알아요.

그 외숙모 동생 분은 석사를 졸업하고 회사생활을 몇 년 하다가 캐나다로 유학을 떠나 박사학위과정을 밟고 있는 사람인데, 방학을 맞아 귀국했고 친구들을 만나러 나가 집에 없다는 거예요.

그런데 외삼촌 말이, 네가 여기 있는 동안 그는 집에 없는 사람이라 치고 그냥 편히 지내면 된다고 했어요. 왜냐하면 일시 귀국한 거라 짧은 기간 안에 지인들을 만나러 다니느라고 두 분도 얼굴조차 보기 힘든데다가, 집에도 거의 안 들어온다더라고요.

외삼촌이 그런 말을 안 했더라도 전 별로 신경을 안 썼을 거예요. 우린 알게 된 지가 아주 오래 됐고, 그는 제가 초등학생 때까지 오빠라고 불렀던 사람이거든요. 우린 놀이공원으로 스키장으로 바닷가로 산으로 어디든 외삼촌과 외숙모를 따라 넷이서 한 세트처럼 움직이며 좋은 추억을 많이 쌓았어요.

정말 이틀을 자는 동안 그를 못 봤어요. 그런데도 아침이면 희한하게 홍길동처럼 집에 들어왔다 나간 흔적이 있더라고요. 신기한 사람이다, 했죠. 그러는 동안 잠도 좀 자고 몸도 덜 아파 잠시지만 여기로 들어오길 잘 했다고 생각할 정도로 거기서 지내는 게 괜찮았어요.

그래도 당장 눈에 띄게 썩 좋아진 건 아니라서, 수면제를 소량씩 먹고 자긴 했었어요.

삼 일째 되는 날, 저녁을 먹고 났더니 외삼촌이랑 외숙모가 외출을 해야 된대요. 밤을 꼬박 새우는 건 아니고 이른 새벽녘에 들어올 거니까 먼저 자고 있으래요. 그래서 잘 시간이 돼 수면제를 먹고 누웠어요.

금세 잠이 깊이 들었어요. 꿈을 꾸는데 꿈이 아주 좋지 않았어요. 누군가에게 쫓기고 그러다가 잡히고 겨우겨우 도망쳐 나오고, 그랬는데 낭떠러지에서 뚝 떨어지고 그런 줄 알았는데 하늘 높이 날아오르다가 어딘가에 부딪치고, 정신없이 혼란스런 꿈을 꾸고 있었던 거 같아요.

어느 순간, 갑자기 술 냄새가 확 끼치더니 누가 막 저를 밀치고 짓누르는 거예요. 깜짝 놀라 눈을 떴어요. 그런데 그 사람이, 그 사람이….

그제야 제가 성폭행을 당하고 있다는 걸 알게 됐어요. 울면서 그를 있는 힘껏 밀어내고 사정사정 해봤지만 그렇게 되지도 않았고, 일이 다 끝나버리고 만 거예요. 내 저항 따윈 아무 소용없는 일이더라고요.

막상 일이 끝나고 나자 그가 펑펑 우는 거예요. 술 냄새를 막 풍기며 미안하다, 내가 죽일 놈이다, 나는 죽어야 돼, 하며 벌떡 일어나더니 발코니로 달려가 뛰어내리려고 한쪽 발을 창틀에 걸 쳤어요.

나도 모르게 뛰어가 그를 끌어안고 뜯어말렸어요. 안 돼요, 그 러지 마세요! 그러면서요. 16층이라 뛰어내리면 그가 그대로 죽 는다는 걸 뻔히 알면서 모른 체 놔둘 수가 없더라고요.

그가 겨우 진정했어요. 그러더니 나를 붙잡고 오래도록 울었어 요. 저도 울었고요. 그러다가 거실로 나가서는 집을 뛰쳐나갔어 요. 며칠 뒤 그는 캐나다로 떠났어요. 그러고 나서 몇 달 뒤 저는 제가 임신했다는 걸 알게 됐고요.

그 일로 제가 임신했을 거라고는 생각도 못했어요. 제가 어리 석었죠. 딱 한 번 그런 일로 임신이 된다고는 생각조차 안 했던 거 같아요. 말도 안 되죠. 그랬으니…, 그런 멍청한 부류의 인간 이 바로 저라는 사람이었던 거예요.

임신 사실을 알고도 외삼촌하고 외숙모한테 말하지 않았어요. 아니, 말하지 못하겠더라고요. 외숙모가 제게 얼마나 잘 해줬는 데 어떻게 말해요. 외숙모가 그 동생을 얼마나 아끼는 줄 제가 잘 아는데 어떻게 그런 말을 할 수 있어요.

그리고 무엇보다 그가, 내게 그런 짓을 한 그에게서 분노보다 는 연민이 더 느껴졌어요.

내가 그를 좋아한다거나, 그에게 다른 감정이 있어서 그런 건 절대 아니에요. 맹세코요.

그리고 산부인과에서 임신이라는 사실을 알게 되면서, 그 자리에서 아기 심장소리를 듣지만 않았어도 저는 이렇게 아기를 낳을 생각까지는 안 했을 거예요. 나쁜 생각이지만, 다른 생각을 해봤을 거 같아요.

저는 외교관이 되려는 꿈이 있었어요. 그래서 대학교 정치외교학과에 가려는 목표를 가지고 있었거든요. 하던 대로만 하면 탄탄대로를 달릴 수도 있었던 내 인생이 아기를 가지고 낳게 되면서 이렇게 꼬일 대로 꼬여버린 거죠.

내 얘기를 끝까지 아무 말 없이 듣고만 있던 할머니가 내 손을 잡아당겨 나를 꼬옥 안아줬다.

"그동안 참 맘고생 많았다."

내 눈물이 할머니 어깨로 뚝뚝 떨어졌다.

"할머니이~!"

할머니가 티슈를 뽑아 주며 말했다.

"아기는, 아기는 어쩔 셈이야. 정말 키울 자신 있어?"

나는 티슈로 눈물을 훔쳐내고 코도 팽 풀었다. 그러고는 가만가만 고개를 끄덕거렸다.

"솔직히 자신은 없지만 그래도 해 볼래요. 그래야 하니까요."

긴 한숨을 토해내고 난 할머니가 소반을 들고 일어났다.

"준희가 그러던데 너 이틀 밤을 꼬박 샜다며? 아기가 사람 손을 타면 엄마가 잠을 못 자고 며칠씩 날밤을 새게 되는 거야. 그랬으니 얼마나 피곤하겠어. 어서 위에 올라가 잠을 좀 자."

"괜찮아요."

"괜찮긴…, 이제 조금 있으면 여기 손님이 많이 들 거다. 그래도 넌 신경 쓰지 말고 푹 쉬도록 해. 그래야 또 아기도 보러가고 할 수 있시, 안 그러냐?"

할머니가 나를 휙 돌아보며 웃었다.

14 이건 아닌데…

점심상을 치우고 나서부터 손님들이 왔다. 기름을 짜려는 사람들, 고추를 빻으려는 사람들이었다. 그들은 가져온 일감을 문 앞 벤치 위에 일렬로 내려놓고 장을 보러 갔다. 그러면 준희 할머니가 알아서 순서대로 기름을 내리고 고춧가루를 만들어놓았다.

처음에는 할머니를 도와드리려고 한동안 주변에서 얼쩡거렸다. 그러나 얼마 안 가 내가 거치적거릴 뿐이라는 걸 알게 됐다.

할머니는 방앗간 일에는 선수 중의 선수였다. 혼자서도 여러 가지 일을 동시에 척척 능수능란하게 처리해 내는 솜씨가 신기할 정도였다. 보고 있자니 절로 감탄사가 나왔다.

내가 구석에서 어정쩡하게 서 있는 모습을 본 할머니가 말했다.

"어서 올라가 쉬라니까!"

그길로 나는 2층으로 올라갔다.

'여기서 준희가 공부하고 자고 했구나.'

햇빛 한 점 들지 않아 어둑했던 다락방은 불을 켜자 금세 아늑하고 깨끗한 방으로 변신했다. 단출한 세간이지만 잘 정리돼 있는 공간. 연필 한 자루, 자 하나도 반듯하게 놓여 있어 깔끔한 준희 성격을 보여주는 거 같았다.

'준희가 쓰던 건가 보네.'

바닥으로 내려앉는데 스폰지밥 인형 쿠션이 보였다. 노란색 바탕 사각 얼굴에 두 눈을 동그랗게 뜨고 나를 올려다보는 스폰지밥이 귀여웠다. 집어 들어 등에 대고 벽에 기대앉았다.

벽 하나가 전부 준희가 받은 상장과 자격증이었다. 일어나 가까이 가 봤다. 성적우수상, 발명상, 모범상, 6년 개근상, 독서왕상, 봉사상, 컴퓨터활용능력 1급, 정보처리기능사…,

놀라웠다. 준희는 하루도 허투루 보낸 적이 없는 아이였다. 옛날에 내가 알고 있던 그 김준희가 아니었던 거다. 대단하다는 생각이 들었다.

그때 아래층에서 누군가가 다급히 하는 말이 들렸다.

"할머니, 나 바빠요. 이 돈 좀 빨리 받아줘요. 내가 차를 가져왔는데 댈 데가 없어 길가 가게 앞으로다가 딱 붙여 세워놓고 왔거든요."

그러자 할머니 목소리가 났다.

"거기 그냥 놔두고 가요."

"아니, 큰돈이라 놔서…."

서둘러 계단을 내려갔다. 그러고는 둘러보니 오십 대 아주머니가 오만 원 권을 들고 흔들어 보이며 서있었다. 얼른 돈을 받아들고 할머니 옆으로 갔더니 벽에 걸린 전대를 턱으로 가리켰다.

잔돈을 내주자 아주머니가 부리나케 나갔다. 받은 돈을 집어넣어 다시 제자리에 걸어놓고 나서 침상으로 가 앉았다. 할머니가 아무리 올라가 쉬라 해도 이제부터는 이 자리에 있다가 할머니를 도울 생각이었다. 밥값은 해야 되지 않겠는가.

그러고 앉았는데 내가 돈을 받고 잔돈을 내주는 걸 봤는지, 들기름을 받아들고 나가던 한 아주머니가 돈을 내게 내밀었다. 할머니를 보자 받으라는 눈짓을 했다. 그때부터 내가 돈을 챙기기 시작했다.

할머니 두 분이 나를 보며 슬금슬금 점포 안으로 들어오고 있었다. 전대를 찬 걸 보니 방앗간 부근에서 장사를 하는 할머니들인 거 같았다. 두 분은 내가 누군지 궁금해 물어보려고 들어온 거였다.

뽀글 파마를 한 할머니가 준희 할머니 곁으로 바짝 다가가 귓속말을 했다. 물론 내게도 다 들렸다.

"형님, 쟤 누구요?"

할머니는 시치미를 뗐다.

"내 손녀."

희끗희끗한 머리카락을 틀어 올린 할머니가 코웃음을 치며 두 사람 옆으로 갔다.

"에이, 이 집 사정을 이 시장 사람들이 몰라? 누구야, 저 이쁜 애."

할머니가 너털웃음을 웃었다.

"손녀하기로 한 손녀, 됐어요?"

그제야 두 할머니도 껄껄껄 웃으며 나를 봤다.

"좋겠네, 아우님은. 훤칠하고 공부 잘 하는 손자에 이쁜 손녀까지 덤으로다가 생겼으니 말이야."

그러고는 별 인사말도 없이 옷자락을 툴툴 털며 밖으로 나가버렸다. 할머니도 그들이 가거나 말거나 신경 쓰지 않았다. 그들은 시간이 나면 들여다보고 바쁘면 후다닥 돌아가고, 그러면서 서로를 챙기는 이웃사촌들이었다.

한동안 부지런히 움직이던 할머니가 손님이 다 빠지고 나자 내 옆으로 와 앉았다. 4시가 훌쩍 넘은 시간이었다. 할머니가 뭔가가 생각난 듯 일어나 전대에서 돈을 꺼내더니 점포를 나갔다.

얼마 후 돌아온 할머니 손에 검은 비닐봉지가 들려있었다.

"순대랑 떡볶이 좀 사왔다."

나는 후다닥 달려가 소반에 포크랑 물을 담아서 들고 와 침상 위로 내려놓았다. 할머니가 봉지를 열어 상 위로 펼쳤다. 김이 모락모락 나는 떡볶이가 맛있게 보였다. 오랜만에 보는 순대도 먹음직스러웠다.

"어서 먹자."

"예."

나는 쌀떡보다 밀떡이 좋은데 할머니가 사온 떡볶이가 바로 밀떡으로 만든 거였다. 그래서 더 반가웠고 맛도 있었다. 그리고 나는 순대도 좋지만 간을 더 좋아한다. 간도 소금에만 찍어 먹었었다. 그런데 할머니처럼 떡볶이 국물에 폭폭 찍어 먹으니 아주 별미였다.

"어서 오세요!"

할머니가 자리에서 일어나며 신을 신었다. 누군가, 하고 돌아보던 나는 포크를 떨어뜨리고 말았다.

점포로 막 들어서고 있는 사람은 외삼촌이었다. 그 뒤를 외숙모가 따라 들어서고 있었다. 나는 2층으로 달아났다. 있는 힘을 다해 삐거덕거리는 나무 계단을 뛰어올라갔다. 그래서는 제일 구석진 곳으로 가 돌아앉아 얼굴을 두 손으로 감쌌다. 눈물이 폭포수처럼 쏟아졌다.

외숙모 목소리가 들렸다.

"죄송합니다. 실례 좀 하겠습니다."

할머니는 이미 그들이 누군지 알아차렸는지 아무 말을 안 했다.

"……."

외숙모 발자국 소리가 계단을 따라 올라오더니 신발을 벗는 소리가 났다. 그리고는 내 옆으로 다가와 앉았다. 그녀는 잠시 방안을 두리번두리번 뭔가를 찾는 거 같았다. 당연히 누구가 내 곁에 있을 거라 생각했는데 보이지가 않자 당황한 기색이 뚜렷했다.

그녀 목소리가 떨려나왔다.

"아기는 어딨어, 응?"

나는 말없이 흐느끼기만 했다.

"……."

그녀가 울먹이며 말했다.

"제발, 말 좀 해 봐. 아기는 어떻게 한 거야?"

"어흑, 어흐흑~!"

나는 더욱 큰소리로 서럽게 울었다. 계단을 올라오는 할머니 발자국 소리가 났다. 다락방 입구에 선 할머니가 그녀를 보며 말했다.

"이봐요, 내가 다 알아요. 그 애 일, 아기 일, 내가 말해 줄게요. 딱한 그 애를 너무 그렇게 다그치지 마시고 저를 따라오세요."

그러고 나서 아래층으로 내려갔다. 외숙모도 할머니를 따라 내려갔다.

"두 분 이리로 좀 올라앉아요."

할머니가 침상 위에 앉으라고 권하는 거 같았다. 다락방 입구로 가서 귀를 기울이자 아래층에서 하는 말이 그대로 들렸다. 외삼촌과 외숙모가 신을 벗고 침상 위로 올라앉는 소리도 났다.

그런데 나는 좀 이상하다는 생각을 했다. 우리 외삼촌은 그런 사람이 아닌데, 왜 점포에 들어서면서부터 지금까지 단 한 마디도 안 하고 있는지, 그게 참으로 기이하게 느껴졌다. 외숙모도 그렇고 말이다.

들어서면서 '안녕하세요.', 할머니가 나와 아기 얘기를 말해 주겠다고 했을 때 '알겠습니다.', 앉으라고 자리를 권했을 때 '감사합니다.' 정도는 할 수 있는 거 아닌가. 그런데도 일절 반응이 없다.

하지만 할머니는 개의치 않았다. 두 사람에게 그간의 일을 자분자분 들려주었으니까.

할머니는 내가 준희랑 유치원하고 초등학교를 같이 다녔다는 얘기로 말머리를 텄다.

그러고는 오늘 오전에 준희가 나를 우연히 버스 안에서 만난 얘기, 한눈에 내 상태가 심상찮은 걸 눈치 채고 학원 가던 길에 나를 따라나섰던 얘기, 그리고 곤란한 상황에 처한 나와 아기를 여기로 데려 온 얘기를 들려줬다.

거기까지 얘기했지만 외삼촌은 흔한 말대답인 '예.'라든지, '아!' 하는 간단한 리액션조차 없었다. 그저 담담히 듣고 있을 뿐이었다.

뭔가 불길했다. 내 심장 박동이 점점 빨라지고 있었다.

'이건 아닌데….'

할머니가 다시 말을 이었다.

나와 아기를 데려다 놓고 난 준희는 늦었지만 학원에 갔고 할머니와 나는 아기를 데리고 병원으로 갔다는 얘기, 그리고 황달과 열꽃이 심해 입원 치료를 받아야 한다는 의사 말에 아기를 입원 시켜놓고 돌아온 지가 얼마 안 되었다는 얘기를 했다.

그때서야 외삼촌이 앓는 사람처럼 신음소리를 냈다.

"끄으응~!"

외숙모도 한숨을 길게 내쉬었다.

"에이휴~!"

그즈음에서 비로소 나는 두 분이 왜 그러는지 알 거 같았다. 온몸에 소름이 오소소 돋았다.

'말도 안 돼! 어떻게 그런….'

놀라운 건 할머니도 그 상황을 드디어 이해하게 됐다는 거다. 그때까지 부드럽게 말하던 할머니 목소리가 단호하게 바뀌었으니 말이다.

"혹시나 해서 하는 말인데요. 우리 준희가 아기 아비가 아닌가, 하는 그런 엉뚱한 상상을 하고 계신 거라면 그건 절대 아닙니다, 아니고말고요!"

할머니 목소리가 가늘게 떨렸다. 화를 눌러 참고 있는 할머니한테 정말 죄송스러웠다. 얼마나 민망스러운지, 혼자 있는데도 그만 얼굴이 붉어지고 말았다.

외삼촌이 처음으로 말을 했다.

"아니, 저희가 뭐 그렇게 꼭⋯."

할머니가 차갑게 외삼촌 말을 잘랐다. 군소리라 생각하는 거 같았다. 그리고 내가 볼 때도 외삼촌이 그렇게 말하는 건, 그런 상상을 하고 있었다는 거다. 상상을 넘어 확신을 하고 있었다고 봐야 할 거 같다.

"하여간 그건 결코 아니라는 거만 알고 계세요. 우리 애가 해린이하고 아기를 데려 온 건 옛 친구로서 호의를 베푼 거뿐이에요. 걔는 남이 곤란한 처지에 있는 걸 그냥 보고 넘기는 애가 아니랍니다. 그게 잘못이라면 잘못인 게지요."

외삼촌이 정중하게 사과했다.

"이거 정말 죄송하게 됐습니다. 제가 일도 바쁘고 사성이 급하다 보니 어르신 말씀을 제대로 안 들어보고 멋대로 판단을 했던 거 같은데, 깊이 사과드립니다. 그리고 우리 해린이를 따뜻하게 보호해 주시고 아기까지 병원에 입원시켜 주셔서 진심으로 고맙습니다."

할머니가 헛기침을 했다.

"흠, 흐음~!"

외숙모도 싹싹한 목소리로 사과를 했다.

"어르신, 정말정말 죄송합니다. 이번 일은 저희가 잘못한 게 맞습니다. 부디 노여움 푸세요, 예?"

할머니 목소리가 조금 누그러졌다.

"아이고, 노여움까지는 아니고. 그래요, 알았어요. 아무튼 오해가 풀렸다니 다행입니다. 그래도 아까 두 분이 그런 의심을 품고 있는 걸 보고는 눈앞이 캄캄하기는 했어요. 이래서 좋은 일 하려다가 애꿎은 사람이 욕먹는다고들 하는구나, 이런 생각까지 잠깐 듭디다."

¹⁵ 이게 집이지, 이게 사람 사는 집이야

"자, 어서들 마셔요. 두 분 원하는 대로 냉수에다가 얼음까지 꽉꽉 채워왔으니 말이오."

준희 할머니가 외삼촌하고 외숙모가 부탁한 얼음물을 가져 온 모양이었다. 외삼촌은 갈증이 나는지 할머니에게 시원한 물 두 잔을 부탁했다. 그러자 외숙모도 그럼 이왕이면 얼음을 채운 냉 수를 주문했다.

"고맙습니다!"

"잘 마시겠습니다!"

두 분은 시원하게 냉수를 들이켜는 거 같았다. 속이 탈만도 하 지. 내가 그렇게 집을 나와 버렸고, 그 후로는 연락조차 한 번 안 했으니 얼마나 애를 태웠을까. 정말 죄송하게 됐지만 나로서는 어쩔 수 없었다.

할머니가 조심스럽게 물었다.

"그래, 어떻게 알았어요? 우리 준희가 해린이하고 아기를 여기로 데려 온 거 말이우."

외삼촌이 대답을 했다.

"여기로 찾아오기까지 쉽지가 않았습니다."

그러면서 그간 있었던 일을 풀어놓았다.

두 분은 나와 아기를 찾느라고 그동안 아무 일도 못했으며, 참 많이 찾으러 다녔다고 했다. 특히 유미하고 연락을 해보려고 엄청 노력을 기울였는데, 그게 잘 안 돼 무진 애를 태우다가 겨우겨우 오늘 점심때쯤에야 유미하고 통화를 할 수 있었다고 했다.

유미는 내가 이틀 동안 자기 집에 있었으며, 사정이 생겨 자기가 집을 비운 사이에 별다른 메모도 없이 아기와 함께 사라져버렸다고 했단다. 그래서 자기도 지금 나를 찾고 있는 상황이라고 했다.

유미하고만 연락이 되면 나를 찾을 거라 확신했던 외삼촌은 많이 놀란 모양이었다. 그래서 여태 가출신고도 않고 비밀리에 찾고 있었던 건데, 이러다가 큰일 나겠다 싶어 일단 경찰서로 갔다.

그래서는 사정을 말하면서 유미가 사는 원룸 CCTV를 보고 싶다고 했더니 함께 동행해주었고, 거기서 내가 아기를 데리고 어떤 젊은 남자를 따라 유미네를 나서는 걸 확인할 수 있었다.

마침 유미가 그 남자는 초등학교 동기인 '김준희'라고 말해줬고, 사람이 특정되자 다음 일은 일사천리로 진행이 되었다. 아는 사람을 통해 드디어 준희의 연락처와 집주소를 알 수 있었던 거였다.

그렇게 해서 두 분이 준희네방앗간으로 올 수 있었으며, 내가 준희를 내 발로 따라나선 건 준희가 아기 아버지라서 그런 거 아니겠는가, 하는 자연스런 결론에 도달할 수 있었다고도 했다.

그래서 점포로 들어서면서부터 외삼촌은 냉랭하게 굴었던 거였다. 천신만고 끝에 나를 찾아 반갑긴 했지만, 나를 그렇게 만들었다고 생각하니 준희가 괘씸하기 짝이 없었으며, 우리 집에 연락도 안 해주고 나를 데리고 있는 준희 할머니한테도 몹시 화가 나더라고 했다.

이야기를 다 듣고 난 할머니가 차분하게 말했다.

"우리 준희는 그럴 애가 아니고 그러지도 못할 아이지만, 만약에 걔가 그런 일을 저질렀다면 나는 해린이가 이렇게 태어난 지 며칠밖에 안 된 아기를 데리고 야밤에 도망쳐 나올 상황까지는 안 만들었을 겁니다."

할머니는 거기서 말을 끊었다. 그러고는 외삼촌의 대답을 기다리는 듯 그를 휙 돌아봤다. 하지만 그는 짐짓 헛기침만 할 뿐 잠자코 있었다.

"······."

할머니가 다시 말을 이었다.

"내가 살아온 이야기를 할 테니 한번 들어봐요."

나는 이 방앗간을 우리 준희가 태어나기 훨씬 이전부터 이 자리에서 하고 있었어요. 잘 살지는 못 해도 먹고 사는 건 별 걱정이 없었어요. 우리 준희 애비 세 살 때 남편이 병으로 세상을 떴는데, 방앗간이 그런대로 돼 내가 벌어 아들하고 둘이서 먹고 사는 삶이 그리 힘들진 않았어요.

그러던 어느 날, 학교 갔다 돌아온 아들이 품에 갓난애를 안고 왔더라고요. 준희였어요. 우리 아들이 고3 때였으니 그야말로 미성년 미혼부가 돼버린 거였어요. 하늘이 무너진 거 같더리고요. 이러려고 내가 애를 애면글면 키웠나, 하는 생각에 처음엔 죽고 싶기까지 했어요.

하지만 정신을 차렸어요. 그래야만 아들도 살고 나도 살고 아기도 살 수 있겠더라고요. 아들한테 준희 엄마 얘기를 들어보려 했지만, 일절 안 하려고 했어요. 그 얘기만 나오면 입을 굳게 다물었어요. 그러면서 아기는 자기가 키우기로 했으니 그렇게 해야 한다는 거예요.

이건 내 운명이구나, 이건 내 일이야, 그렇게 생각했죠. 그리고 나니까 마음이 편해지고 안쓰러운 마음이 생기더라고요. 아들도 준희도 처지가 딱해 보였어요. 그래서 준희를 받아들이기로 마음먹고 키우게 됐어요.

그랬으니 나도 그렇지만 우리 준희도 제 엄마 얼굴 한 번 못 보고 지금까지 살고 있는 거예요. 그래도 뭐 별 문제없이 우린 잘 살고 있어요. 애가 워낙 착해 크든 작든 지금까지 문제 하나 일으키지 않고 살아왔으니 이만 하면 우리 준희 아주, 충분히 잘 큰 거 아닙니까.

우리 아들도 그래요. 내가 준희를 키우는 동안, 아들은 고등학교를 졸업하고 대학교를 졸업해 직장을 잡았고, 지금은 가정을 이루어 잘 살고 있어요. 아들이 준희를 새 가정에 데려가 함께 살려고 많은 노력을 기울였지만, 준희는 나하고 살고 싶다고 해 아들이 마음을 접은 거고요.

준희 아래로 남동생이 하나 여동생이 하나 생겼는데 가끔씩 아들, 며느리가 아이들을 데리고 나랑 준희를 만나러 다녀가곤 하지요. 제 새엄마하고도 원만하게 지내고 동생들하고도 서로 연락하며 지내더라고요.

생각해보면 그래요. 아들의 삶에 다소 그린 문제리면 문제가 생겼지만, 아들은 씩씩하게 세상을 잘 헤쳐 나갔어요. 그러는 동안 우리 준희도 잘 컸고요. 그러니 아들에게 일어났던 일, 준희에게 일어났던 일은 이제 별 일이 아니에요.

그렇다면 해린이한테 일어난 일도 그렇지 않을까요. 잘 달리고 있던 탄탄대로에서 해린이가 갑자기 이탈해 별안간 임신을 하고 출산을 했어요. 그러니까 당연히 해린이를 보살피고 있는 외삼촌, 외숙모로서는 놀라기도 했을 거고 엄청난 배신감도 느껴졌겠지요.

다른 사람은 몰라도 비슷한 일을 겪은 나는 그 마음 잘 알아요. 하지만 그렇다고 해린이 인생이 끝난 건 아니잖아요? 아기와 더불어 해린이도 성장하면 되는 거예요. 그렇잖아요.

밤이 되자 시끌시끌하던 시장 안이 조용하다. 준희네처럼 점포 안에서 자는 상인들도 있지만, 문을 닫고 집으로 돌아가는 사람들도 많아 어느새 시장도 동네 골목길처럼 어둑어둑 하다.

준희는 씻으러 갔다. 아래층 주방 옆에 간이 샤워시설을 만들어 놓아 거기로 씻으러 간 거다. 할머니는 아래층에서 낮에 들렀었던 뽀글 파마 할머니, 희끗희끗한 머리카락을 틀어 올린 할머니랑 담소를 나누고 있다.

두 할머니는 준희 할머니 절친인 게 분명하다. 점포를 닫고 난 그 할머니들이 회 무침 한 접시에 막걸리 한 통을 들고 곧바로 준희네로 건너왔으니 말이다. 할머니도 당연하다는 듯이 소반을 침상 위로 올려놓고 기다리고 있다가 두 할머니를 반갑게 맞았다.

무슨 얘기가 그렇게 재밌는지 세 분이 깔깔깔 웃는 소리, 형님 아우님 하면서 대화하는 소리가 2층까지 고스란히 전해져 어떤 대목에서는 나도 모르게 흐흐흐 함께 웃고 말았다.

'이게 집이지. 이게 사람 사는 집이야.'

엄마가 내 곁에 있었을 때도 그랬었다. 별 일 아닌 일에도 우린 함께 웃었다. 한 사람이 까르르 웃으면 마치 전염이라도 된 듯이 다른 사람이 덩달아 하하하 웃었었다. 그땐 몰랐고 지금에야 알게 된 거지만, 그때 행복했었던 거 같다.

'행복한지 모를 때가 진정 행복했던 때였어.'

그러고 보면 우린 일상의 소소한 행복을 모르고 지나치지만, 아주 세월이 흐른 다음에야 그걸 깨닫고 그리워하곤 한다.

준희는 학원 수업이 끝나면 학원 안에 있는 독서실에서 공부를 하고 집으로 온다고 했다. 오늘도 다른 날처럼 독서실 공부까지 마치고 8시가 다 돼가니까 점포로 쓱 들어섰다. 오자마자 할머니가 저녁상을 차려주었고 준희는 한 그릇을 뚝딱 먹어치웠다.

그러고 나서 샤워를 하러 간 준희가 이제 계단을 올라오는 소리가 삐거덕삐거덕 났다. 준희는 책상 위에 놓인 화장품을 가볍게 툭툭 발랐다. 그러고는 내 앞으로 와 털썩 앉았다.

준희가 씨익 웃었나.

"아까 저녁 먹고 있을 때 너랑 할머니랑 얘기하는 거 얼핏 들었거든. 그럼 이제 아기 출생신고 하기로 한 거지?"

"응."

"입양문제도 없던 걸로 얘기가 잘 됐고?"

내가 고개를 끄덕끄덕 했다.

"아기가 병원에서 퇴원하고 나면 외삼촌이 나랑 같이 가서 출생신고 해 주기로 했어. 그리고 입양문제도 내 뜻을 존중해 없었던 일로 하기로 했다고, 외삼촌이 그러더라."

"잘 됐다. 외삼촌이 이해해 주서서 정말 다행이야."

내가 불쑥 물었다.

"너 집에 왔을 때 내가 여태 안 가고 있어서 놀랐지?"

준희가 도리질을 했다.

"아니, 그런 일이 있었는데 선뜻 두 분을 따라 다시 집으로 들어가는 건 아무래도 힘들지. 그래서 좀 있다가 갈 수도 있겠다, 생각했기 때문에 그렇게 놀라지는 않았어."

"그래?"

"응."

할머니하고 얘기를 끝낸 외삼촌이 가겠다며 인사를 하고 자리에서 일어났을 때, 내가 따라나서지 않자 외숙모가 놀란 눈으로 나를 보며 말했었다.

"안 가? 가야지, 집에."

외삼촌도 놀라서 나를 봤다.

"어서 짐 챙겨 가자."

나는 할머니와 외삼촌네가 얘기를 나누는 동안 수많은 마음의 갈등을 하고 있던 참이었다.

'외삼촌이 갈 때 따라 나서야 하나, 말아야 하나.'

두 분이 나를 데리러 온 김에 슬쩍 못 이긴 체 따라 들어가고 싶은 마음이 솔직히 있었다. 하지만 서운하고 서러웠던 걸 생각하니 찾아왔다고 쫄랑쫄랑 따라나서기 싫었다. 그리고 아기가 아직 병원에 있어서 더욱 그런 마음이 들었다. 둘이 나왔다가 혼자 들어가는 건 아닌 거 같았다.

"며칠 정도 여기서 할머니랑 지내다 가고 싶어요."

내가 할머니를 보며 말하자 할머니가 고개를 끄덕였다.

"그래, 얼마라도 좋으니 너 좋을 대로 있다가 가."

두 분은 조금 씁쓸한 표정으로 돌아갔다. 죄송하긴 하지만 어쩌겠는가. 나도 마음을 다잡을 시간이 필요하다.

준희가 일어나더니 책상에서 소설책을 한 권 가져다 줬다.

"미안해, 나 오늘 해놓고 자야할 게 있어. 그래서 그러는데, 넌 그동안 이거라도 좀 보고 있을래?"

얼른 받아들었다.

"응, 그런데 이따가 할머니 친구 분들 가시면 넌 아래층에 내려가서 사야 돼. 나랑 할머니가 여기서 잘 거거든."

준희가 싱긋 웃었다.

"알았어, 난 언제라도 너 있을 때 저 아래 내려가 잘 테니까 넌 그런 건 걱정 마."

16 내 아기예요, 내가 키울래요

준희랑 여성병원에 왔다. 치료실 안에 들어가 아기를 볼 수 있는 면회는 하루에 딱 한 번, 3시부터 30분간만 가능해 그 시간에 맞춰 온 거다. 하루 두 번 커튼을 열고 유리창 밖에서도 치료과정을 볼 수 있도록 해주긴 한다. 그렇지만 가까이서 보려면 이 시간에 와야 한다.

준희 할머니는 오후 시간이면 방앗간이 바빠 자리를 비울 수가 없다. 그래서 마침 오늘이 토요일이라, 주말이나 휴일에는 학원 독서실로 가 공부를 하는 준희가 오늘만큼은 동행해 주기로 했다.

주말 오후라 그런지 병원이 한산했다. 치료실 앞으로 갔더니 외삼촌하고 외숙모가 먼저 와 있었다. 뜻밖이었지만 반갑긴 했다. 우리를 보자마자 기다렸다는 듯 외삼촌이 자리에서 일어났다.

외삼촌이 준희에게 손을 내밀었다.

"네가 준희냐?"

준희가 공손하게 절을 하며 악수를 했다.

"예, 해린이 외삼촌이시죠?"

"그래, 고맙다. 네가 그때 우리 해린이를 그냥 봐 넘겼더라면 정말 큰 일 날 뻔했는데…. 참 뭐라 말 할 수 없이 고마워."

외삼촌이 준희를 가볍게 껴안으며 어깨를 다독다독했다.

외숙모도 눈인사를 했다.

"고마워요. 해린이 외숙모예요."

한데, 외숙모가 이상했다. 평상시에 보던 그런 모습이 아니었다. 뭔가 불편하고 거북해 보이는 모습이었다. 더구나 내 시선을 피하는 거 같아 속상한 마음이 들었다.

짐작 가는 바는 있다. 내 일에 두 분이 너무 많은 시간과 에너지를 쏟느라 여행사 일이 조금 삐걱거리고 있는 상황이라는 생각. 그런 일이 현재 진행형이라면 두 분 사이에 잦은 트러블이 있을 수 있다.

우리는 다 같이 아기를 보러 들어갔다. 아기는 눈가리개를 하고 광선치료를 하는 중이었다. 하루 만에 보는데도 눈에 띄게 황달기가 줄어 있었다. 열꽃도 많이 사그라들었고.

게다가 내가 돌볼 때보다 훨씬 말쑥해져 있어 정말 마음이 놓였다. 아기는 우리가 잘 볼 수 있도록 우리 쪽으로 조금 모로 눕혀져 있었는데, 마치 와 줘서 기쁘다는 듯 미소까지 살짝 지었다.

어쩌면 웃고 있는 게 아니라, 배냇짓을 하는 타이밍이었는지도 모르겠지만 내겐 그렇게 보였다.

'내일 또 올게. 씩씩하게 치료받고 있어.'

마음속으로 작별 인사를 하고 있을 때 외삼촌이 내 어깨에 손을 얹었다.

"봤으니 이제 가자. 감염에 취약한 아기 치료실인데 외부 사람이 너무 오래 있는 거도 안 좋아."

"예."

밖으로 나와 엘리베이터로 이동하는 중에 외삼촌이 말했다.

"해린아, 할 얘기가 있는데 잠깐 매점에 들러 얘기 좀 나누고 가라. 물론 준희도 같이 가고."

"예."

대답을 하면서 외숙모를 돌아봤다. 여전히 외숙모 표정이 좋지 않았다. 그런데 가까이서 보니 외숙모 얼굴이 부어있다. 특히 눈가가 한참을 운 사람처럼 붉은 기가 도는 게 심상찮아 보였다.

매점도 사람이 없어 조용했다. 제일 구석진 데로 가 자리를 잡은 외삼촌이 준희에게 부탁을 했다.

"준희야, 미안하다. 우리끼리 해야 할 말이라 그러는데, 넌 다른 자리 어디든 가서 조금만 기다려 줄래?"

준희가 후다닥 일어나며 꾸벅 절을 했다.

"예, 알겠습니다."

준희가 우리 자리에서 멀리 떨어진 입구 쪽 탁자로 가서 앉았다. 그러더니 백팩에서 책을 꺼내 펼쳐 들었다.

외삼촌이 나란히 앉은 외숙모를 돌아봤다. 내 눈에는, 당신이 말 할 거야? 하는 무언의 메시지로 읽혔다. 그러자 외숙모가 고개를 끄덕이며 나를 봤다. 그러나 선뜻 말을 못 꺼내고 입술을 바르르 떨며 눈물부터 쏟아냈다.

외삼촌이 냅킨을 주자 눈물을 닦고 마음을 잠시 가라앉힌 외숙모가 힘겹게 말을 꺼냈다.

"미안하다. 내가 죄인이다. 너를 그렇게 다그칠 게 아니라 나를 돌아봤어야 했는데…. 너무 늦었지만, 미안해. 미안해, 해린아!"

외숙모는 어린아이처럼 울음을 툭 터뜨렸다. 그러고는 눈물에 범벅이 된 얼굴로 긁어앉았다.

깜짝 놀라 외숙모를 일으켰다. 나도 울음이 터져 나왔다.

"외숙모, 아아앙~!"

하지만 외숙모는 완강했다. 꼭 무릎을 꿇고 빌겠다는 의지를 보이며 일어나기를 거부했다.

"유성이가, 우리 유성이가…, 아흐윽~!"

결국 외숙모가 알게 된 거다. 내게서 벌어진 일들은 다른 사람이 아닌 자신의 남동생이 그런 일이라는 걸 말이다. 이 모든 일에 대한 원초적 책임이 있는 사람이 바로 그였다는 사실을.

외삼촌이 그런 외숙모를 억지로 일으켜 자리에 다시 앉혔다. 그리고는 대신 말을 시작했다.

유성이가 네 외숙모한테 다 털어놨어. 자기가 그런 거라고. 자기 아기라고 말이야. 오늘 오전에 전화가 와 그러더라니까! 그동안 엄청 맘고생이 심했었던가 봐. 유성이랑 통화할 때 우린 화상통화를 하잖아. 그런데 애 얼굴이 아주 못 쓰게 됐더라고.

걔가 요즘 들어 부쩍 자주 전화해 네 근황을 묻고 한숨을 쉬곤 하는 게 우리 눈에 꽤 수상쩍긴 했어. 그래서 일전에 통화할 때 도대체 왜 그러느냐 다그쳤더니 말꼬리를 얼버무리며 그대로 전화를 끊어버리더라고.

이상하긴 해도 우린 생각도 못했다. 그런 쪽으로는 아예 상상조차 안 해봤거든. 유성이가 어디 그럴 사람이냐? 하긴 그런 믿음도 이젠 완전히 어긋나버렸지만 말이다. 그래도 내가 아는 유성이는 분명 그럴 사람이 아니었거든.

그러더니 오늘 전화가 와 그러는 거야. 그날, 네가 우리집에 와 있던 날, 그러니까 나랑 네 외숙모가 외출해 새벽에 들어온

날, 그런 일이 있었다고 펑펑 울면서 말하더라. 그러면서 모든 걸 내려놓고 죗값을 치르러 조만간 귀국하겠다고 하곤 전화를 끊었어.

우리가 얼마나 놀랐겠니? 네 외숙모 좀 봐라. 두 시간을 내리 통곡을 하더라. 얼마나 울고 또 울고 자책을 하는지…. 네 아픔을 진중하게 살펴보지 못한 점, 네 앞으로의 삶, 자기 동생의 삶, 또 아기의 삶은 어떻고.

아무튼 유성이는 아마 얼마 안 있으면 그곳 일을 정리하고 돌아올 거 같다. 걔가 그 공부를 위해 그 많은 시간을 들이며 노력했던 걸 생각하면 안타깝고 속상하지만, 그 녀석이 한 짓을 생각하면 당연한 귀결이라 생각한다. 잘못한 건 벌을 받아야하고 책임질 건 책임을 져야지.

그리고 우리, 나랑 네 외숙모 말이다. 이번 달 말에 결혼하기로 했다. 28일, 토요일, 1시. 전화상으로 식장부터 예약해 놓고 오는 길이야. 지금까지는 그저 결혼이 꼭 필요하다는 생각이 안 들어 차일피일 미루고 있었던 건데, 이제 모든 사실을 우리가 알았으니 하루라도 빨리 식을 올리려고.

나는 눈물 콧물에 범벅이 된 얼굴로 외삼촌을 봤다. 목소리가 절로 덜덜 떨려나왔다.

"왜, 왜요. 왜 갑자기 여, 여태 안 하고 있던 결혼식을 해요?"

불길한 예감이 들었다. 내 일을 말하다가 불현듯 두 분의 결혼 식장을 예약해 놨다는 대목이 마음에 거리꼈다. 더구나 모든 사실을 알았으니 하루라도 빨리 식을 올리려고 했다는 게 더욱 그랬다.

"그래야 아기를 우리 호적에 올릴 테고, 그런 다음에야 떳떳하게 키울 수 있는 거 아니겠어?"

몸에 벼락을 맞은 느낌이었다. 온몸으로 전기가 관통하는 거 같았다. 나도 모르게 주먹을 불끈 쥐고 자리에서 발딱 일어났다.

"내, 내 아기예요. 내 밑으로 올리고 내가, 내가 키울래요, 내가 키운다고요!"

외삼촌이 일어나 나를 자리에 앉혔다. 그러고는 돌아가 앉더니 고개를 가만히 끄덕거렸다.

"알았다, 알았어. 정 네 뜻이 그렇다면 그렇게 해야지. 그러나 키우는 건 우리가 해 줄게. 그건 너한테도 아기한테도 좋을 거다. 그리고 너는 하던 공부 계속 하면서, 준희 할머님 말씀처럼 아기하고 함께 성장해 나가는 거야."

그제야 긴장이 좀 풀어지면서 두 손바닥에 얼굴을 묻고 울음을 터뜨렸다.

"어흐흑~! 알았어요, 그렇게 할 게요."

듣고 있던 외숙모가 눈물을 훔치며 말을 받았다.

"네 방에 그게 없어진 걸 내가 눈치 챘어야 했어. 그랬더라면

이 일이 쉽게 풀릴 수도 있었는데 내가 그걸 까맣게 놓친 거야. 내가 생각해도 참 너무 한심하고 마구 화가 솟구친다."

그녀가 말하는 '그거'는 드림캐처를 말한다. 그녀 동생이 캐나다로 유학을 떠난 후 첫 방학을 맞아 귀국했을 때, 내 선물로 사 왔던 게 그 드림캐처였다. 좋은 꿈만 꾸게 해준다는 아메리카 원주민들의 토속 장식품, 드림캐처.

원형 고리 사방에 하늘색 깃털이 포르르 하늘로 날아오를 듯 매달려 있는 수제 장식품이었는데, 고리 안에 거미줄 같은 그물이 쳐져 있어 정말 고운 꿈이 거기에 걸려 내 꿈속으로 솔솔 들어올 거만 같았다.

그래서 얼마나 그 드림캐처를 좋아했는지 모른다. 나는 그걸 내 방 입구에 걸어놓았었다. 그러고는 내가 그 장식품 덕분에 날마다 꿀잠을 자고, 내 앞날에 펼쳐진 길이 장미꽃 길이 될 거 같은 기대감으로 흐뭇했었다.

그렇게 내 생활의 일부가 돼 있었던 드림캐처를 그 일이 있고 집으로 돌아오자마자 치워버렸었다. 그런데도 두 분은 끝내 그걸 알아차리지 못했었고, 사실 알아달라고 없애버린 게 아니라서 나도 그러고는 잊고 있었던 거였다.

나는 그냥 고개를 숙인 채 조용히 듣고만 있었다.

"……."

"진짜 미안하고 할 말이 없다, 해린아. 하지만 그 죄, 내 동생이 저지른 그 죗값은 나도 똑같이 두고두고 갚을게."

외삼촌네와 헤어져 준희와 나는 병원 옆에 있는 카페로 들어왔다. 헤어지면서 외삼촌이 체크카드를 하나 주고 갔다. 유미한테 들었다면서, 걔한테 내 카드를 돌려받을 때까지 우선 쓰라고 말이다.

카드를 손에 쥐자 세상을 다 얻은 기분이었다. 그래서 한없이 우쭐해진다. 마주 앉은 준희에게 메뉴판을 넘겼다.

"먹고 싶은 거 다 시켜."

그렇게 말하고 나니 더욱 어깨가 으쓱해진다. 돈이란 참 좋은 거다. 사람을 이렇게 더없이 의기양양하게 만드니까.

"난 담백한 게 좋아. 우유 팥빙수."

"그래? 그럼 나도 그거로 할게."

나는 점원을 불러 우유 팥빙수 두 개를 시켰다.

준희가 나를 가만히 건너다 봤다. 그러고는 조금 웃었다.

"어제 말이야. 버스에서 널 만났을 때, 넌 줄 알았을 때, 얼마나 기뻤는지 몰라. 나는 버스를 타도 길을 걸어 다녀도 한 번도 대충 지나친 적 없어. 어디서든 우연히라도 널 한 번은 만났으면 하는 바람을 담아 항상 스쳐지나가는 사람들을 살펴보곤 했었거든. 나 참 웃기지?"

얼굴이 화끈 달아올랐다. 고백은 아닌 거 같은데, 무슨 고백처

럼 들리는 것이 고개를 못 들겠다. 준희가 이런 말을 할 줄은 진
짜 몰랐다.

"……."

"하여간, 내 마음 속에 담아두고 있던 오랜 바람이 그 때 이루
어졌던 거라서 내가 그렇게 기뻤다는 거야. 그러니 넌 너무 부담
같은 거 가지지 말고."

"응."

"참, 너도 이제 검정고시 준비해야 되잖아. 그래서 하는 말인
데. 혹시 내가 다니는 학원에 한번 같이 가보지 않을래? 물론 절
대 강요는 아니고 그냥 참고 정도."

준희가 스스럼없이 그렇게 말해줘서 고마웠다. 안 그래도 다시
공부에 매진해야겠다고 마음먹고 있던 참이었으니까.

"오, 그래? 좋아."

내가 흔쾌히 대답하자 준희가 좀 놀라는 거 같았다.

"어쩌면 너 같은 우등생에 모범생은 혼자 하는 게 더 효율적일
수 있지만, 오랜 세월 규칙의 테두리 안에서만 살았던 우리라 혼
자서는 좀 느슨해지거든. 그래서 나도 학원을 다니게 된 건데 다
녀보니 도움이 되더라."

"우등생, 모범생, 그런 거 다 멀고 먼 옛날 얘기 같아. 지금은
머릿속이 완전 멍한 상태거든. 그리고 사실 학원이 어떤지 나도
궁금했었는데 잘 됐네. 너 갈 때 따라가 봐야겠다."

그때 문자 도착음이 울렸다. 유미가 보낸 문자였다.

─ 해린아, 미안해. 나 때문에 많이 힘들었지? 입이 열 개라도 할 말 없다. 하여튼 네 카드는 방금 회수했어. 근데 돈이 좀 비지 뭐야. 그래도 그건 우리 시부모님이 해주기로 했는데 당장은 안 된대. 그래서 시간이 조금 걸릴 거 같거든. 진짜진짜 미안하다. 또 연락할게.

내가 읽어주자 준희가 잘 됐다는 듯 고개를 끄덕이며 싱긋 웃었다. 나도 한결 마음이 가벼워 마주 보며 방긋 웃었다.

점원이 우유 팥빙수를 가져왔다. 우유와 단팥이 많이 들어 고소하고 달콤하고 시원했다.

열심히 먹고 있던 준희가 문득 뭔가가 생각난 듯 나를 봤다.

"참, 아기 이름은 뭐로 할 거야?"

"우리 누구?"

"응, 정해 놨지?"

나는 고개를 잘래잘래 흔들었다.

"이제 정해야지. 그런데 뭐로 하나…. '누구'를 그대로 쓸까?"

내가 고개를 갸웃거리며 보자 준희가 흐흐흐 웃었다. 그러느라 입가에서 하얀 우유가 주르르 흘러내렸다. 재빨리 냅킨을 뽑아 건네며 나도 덩달아 웃었다.

한국청소년소설

페이퍼 맘 Paper Mom

초판 1쇄 · 2023년 9월 15일

지은이 · 한은희
그린이 · 최인령
펴낸이 · 안종완

편집장 · 박옥주
영업부 · 조종원

펴낸곳 · 세계문예
등록일 · 1998년 5월 27일(제7-180호)

주　소 · (우)01446 서울특별시 도봉구 도봉로 109길 78, 101호
전　화 · 02-995-0071~3, 02-995-1177
팩　스 · 02-904-0071

이메일 · adongmun@naver.com
　　　　adongmun@hanmail.net
홈페이지 · www.adongmun.co.kr
카　페 · http://cafe.daum.net/adongmunye

ISBN 978-89-6739-152-2 43810